KB133637

이별은 웰메이드 영화처럼

이별은 웰메이드 영화처럼

강준 소설

문학나무

「작가의 말」

욕망, 이기심 혹은 폭력

작가는 시대의 파수꾼이다. 동시대를 사는 사람을 대신해 어둠 속에 숨어있는 병폐를 찾아내고, 아름다운 인간관계의 전형을 기록하는 게 사명이다. 무엇이 아름다운 것인지는 추하고 더러운 것을 분별하는 방법부터 알아야 한다. 인간의 욕망, 이기심, 폭력 그것이 문제다.

3년간 각종 문학지에 발표했던 소설을 묶어 책을 낸다. 책을 묶는 것은 끝이 없는 문학 여정에 이정표 하나 세우고 또 다른 여행을 떠나는 일이다.

이번 소설집에는 7개의 단편과 두 편의 스마트소설로 채웠다.

스마트소설은 짤막 하지만 촌철살인의 묘미가 있다. 「명품가방 피렌쪼」와 「모모는 어디로 갔을까」는 사물과 고양이의 입장에서 인간의 행태를 바라본 작품이다.

「산불감시원」은 조직사회에서의 갑질 문화의 폐해를, 「야수와의 산책」은 문학에 대한 작가의 집념과 욕망의 상관관계를 생각해 봤다.

「우영팟」은 땅의 의미와 가족 해체의 문제를, 「이별은 웰메이드 영화처럼」은 강림처사의 모티프를 원용해 죽음을 아름답게 받아들이는 방법을 그려 본 작품이다.

「카페 카이로스의 시간」은 문학청년이던 주인공이 욕망의 에스컬레이터를 타면서 팬덤에 함몰되어 가는 과정을, 「후각의 기억」에선 인생 전환기 길목마다 마주치는 두 인물 간 끈질긴 악연을 추적한 보고서다.

「후안」에선 베트남 출신의 주인공이 겪는 상황을 통하여 폭력의 실체를 드러내고자 했다.

독자들의 삶이 위로를 받고 각박한 현실이 따스함으로 넉넉해지길 기대한다. 출판을 허락해 준 『문학나무』사와 편집을 맡아준 황충상 작가님, 교정에 참여한 박윤진 작가에게 감사의 마음을 전한다.

2023년 7월

제주문학관에서 강준

차례

ㅁ ㅕ ㅇ ㅍ ㅜ ㅁ ㄱ ㅏ ㅂ ㅏ ㅇ ㅍ ㅣ ㄹ ㅔ ㄴ ㅉ ㅗ

명품 가방 피렌쪼

나는 가짜입니다. 지금은 가방박물관 유리상자 속 빨간 카펫 위에 앉아 따스한 핀 조명을 받으며 관람객들의 부러움을 사고 있지만, 사실은 안내문 속 원조가 아닙니다. 원래 여기 있어야 할 가방은 진짜 황금으로 치장된 우리 가문의 비조입니다. 이탈리아의 가죽공예 명장인 피렌쪼가 만들어 일본의 유력 정치인에 선물했는데 어떻게 해서 한국으로 건너오게 됐는지 아는 사람은 거의 없습니다.

난 이탈리아 태생이 맞습니다. 피렌쪼는 인기 있는 브랜드로 고가의 가죽제품입니다. 뼈대는 단단한 플라스틱으로 사각을 유지하고 모서리마다 금도금이 된 보호 장치가 박혀 있고 붉은색이 도는 소가죽 옷을 입었습니다. 피렌쪼란 이름표는 이마에서 빛납니다. 속을 들여다보려면 갈색 혁대를 풀고 굵은 이빨의 지퍼를 열어야 합니다. 속은 화려한 문양의 보라색 천으로 치장되었는데 파일럿에게 인기가 있어 파일럿 수트케이스로 불리기도 합니다.

자고로 사물도 임자를 잘 만나야 빛을 발할 수 있는 법인데 인간들이란 참. 애초부터 내 삶은 꼬여버렸습니다. 처음 이탈리아 매장에서 한국인에게 팔렸는데 그 사람이 내 운명을 결정지어버렸습니다. 내 속을 뜯어내 등에다 얇게 편 필로폰 봉지를 붙이고 감쪽같이 꿰매어 내용물을 인형과 향수와 양주 등으로 채워 위장했습니다. 그 순간부터 난 두근거리는 속병을 앓게 되었지요.

무사히 이탈리아 세관을 통과해서 비행기를 타고 한국에 내렸으나 공항에서 사달이 났습니다. 피렌쪼 가방이 하나 더 있었는데 수하물 찾는 곳에서 주인이 바뀐 것입니다. 원 주인은 의심 없이 다른 가방을 들고 나갔습니다. 나중에야 가방이 바뀐 것을 알고 당황했겠으나 마약이 들어 있는 것을 들킬까 봐 경찰에 신고도 못하고 발만 동동 굴렀겠지요.

남의 가방을 들고 온 여인 역시 귀가해서 지퍼를 열어보고 깜짝 놀랐습니다. 공항에 신고했으면 어찌해서 도로 자기 가방을 찾을 수 있었겠으나 귀찮기도 하고 안에 있는 내용물이 더 탐이나 그냥 나를 취했던 것입니다. 내용물은 비워지고 난 그녀의 겨울 옷가지를 보듬고 옷방 어두운 곳에서 웅숭그려야 했습니다. 그런데 편안히 쉴 수도 없었습니다. 어느 옷 주머니 속 음식물이 부패해서 냄새를 풍기는 바람에 헛구역질하며 오랜 기간을 기절한 채 살았습니다.

하루는 주인이 수심에 찬 얼굴로 들어오더니 나를 꺼내 들고 거실로 나갔습니다. 이미 곰팡이는 가죽 바깥까지 침투했고 악취까지 풍겨 명품의 체신은 말이 아니었습니다. 그녀는 코를 막으며 옷가지를 꺼내더니 타월에 둘둘 말아 싼 물컹한 물건을 집어넣는 것이었습니다. 자세히 살펴보니 그것은 그녀에게 귀염받던 반려견 사체였습니다. 나는 졸지에 관이 되었습니다. 한밤중이 되길 기다려 차에 태워져 옆 동네에 있는 쓰레기 더미 위에 던져졌습니다. 집 떠나면 고생이란 말 뼈저리게 느꼈지요. 썩는 냄새에 먼지까지 뒤집어 쓴 영락없는 노숙자 신세가 된 난 한없이 슬펐습니다. 그러나 시련은 성공의 통과의례란 것을 믿었습니다.

어느 날 난 한 청년에 의해 구제되었습니다. 뼈다귀만 남은 내용물을 털어내고 자기 하숙집으로 데려가더니 정성스럽게 세탁해서 따스한 햇볕에 말렸습니다. 비로소 제 모습을 찾은 나는 그제야 웃음도 되찾았습니다. 그는 대학생이었습니다. 내 안에 문학책, 교양서적을 차곡차곡 담아 방 한구석에 내 자리를 마련해주었습니다. 많은 책을 읽으면서 삶의 의미를 천착하는 참으로 유익한 시간을 보냈습니다.

그 학생에게는 연극에 심취한 친구가 있었습니다. 하루는 그 친구가 내 집을 방문했는데 한쪽 구석에 요염하게 앉아 있는 나를 발견하고는 응큼한 생각을 했습니다.

"야. 저 가방. 못 보던 건데?"

"길에서 주었어."

그는 나를 끌어내더니 한눈에 명품인 걸 알아보았습니다.

"이거 피렌쪼네?"

미련스러운 동거남은 내 가치를 몰랐습니다.

"유명 상표야?"

연극인 친구는 나를 품어갈 욕심으로 너스레를 떨었지요.

"짝퉁이겠지. 명품이면 누가 길에 버리겠냐? 마침 잘 됐다. 이번 공연에 소품으로 가방이 필요한데 나한테 팔아."

"팔 것까지. 빌려 줄게."

"아냐. 장기 공연하다 보면 상할 수도 있어. 그냥 가져가긴 그렇고. 만 원 놓고 갈게."

헐값에 팔린 난 주인공과 함께 연극무대에 오르게 됐고 많은 관객의 시선을 한 몸에 받게 되었습니다. 존재의 가치를 느낀 시간이었지요.

그런데 호사다마라고 기어이 일이 벌어지고 말았습니다. 나를 한국으로 데려왔던 사람이 어디서 소식을 듣고 나타난 것입니다. 그는 가방 임자를 찾아 그 가방이 자기 것이라고 주장했습니다. 가방 귀퉁이에 살짝 흠이 생긴 것이 증거라는 겁니다. 연극 청년은 어이가 없었죠. 옥신각신하던 끝에 경찰서로 가자고 하자 그는 욕을 하며 돌아갔습니다. 그리고 그날 밤 소품실에 도둑이 들었습니다. 그 도둑은 나를 비밀 공간으로 가져가선 예리한 칼로 속을 찢어냈습니다. 그리고는 등짝에 붙어 있는 하얀 분말이 담긴 비닐을 조심스럽게 떼어내며 만족한 듯 웃었습니다.

속이 너덜난 난 다른 허접한 물건을 품고 쓰레기통에 버려졌습니다. 난 이대로 종말을 맞지 않길 간절하게 기도했습니다. 그런데 말입니다. 간절하면 이루어진다는 말은 진리였습니다. 다행히도 그 동네 사는 박물관 직원의 눈에 띄어 인생 역전을 한 겁니다. 그는 쓰레기를 버리러 왔다가 엉망이 된 나를 발견하고 가방박물관 관장에게 넘겼습니다. 전시된 진품과 똑같은 물건을 보자 관장은 다른 마음을 품었습니다. 그는 나를 들고 가서 전문가에게 수리를 맡겼지요. 그래서 시집가는 신부처럼 꽃단장을 마친 나는 원조 가방과 교체되어 진열장에 앉게 된 겁니다.

고생 끝에 행운을 잡았지만 기품이 넘치는 진짜가 어떻게 되었는지는 나도 정말 궁금합니다.

『문학나무』 87호(2023년 6월) **수록**

ㅁ ㅗ ㅁ ㅗ ㄴ ㅡ ㄴ ㅇ ㅓ ㄷ ㅣ ㄹ ㄱ ㅏ ㅆ ㅇ ㅡ ㄹ ㄲ ㅏ

모모는 어디로 갔을까

야아옹. 한밤중에 모모가 온 줄 알고 깜짝 놀라 유리창을 열어젖혔다.

"모모? 모모."

부산스런 행동에 놀랐는지, 고양이는 잽싸게 어둠 속으로 몸을 감추고 나타나지 않았다. 모모가 아닐 것이다. 내 목소리를 아는데 도망칠 리 없다. 나는 잠시 머리를 의자에 기대고 눈을 감았다. 아련한 기억이 스멀거리며 피어오른다.

모모를 만난 것은 작년 여름, 경기도에 있는 문학마을에 입주해 있을 때였다. 건물 이름이 문학마을이고 2층 여덟 개의 방에서 문인들이 한시적으로 기거하며 글을 썼다.

시원하게 소나기 내리고 무지개 떴던 날, 산보를 나갔던 동화 쓰는 김 작가가 고양이 한 마리를 품에 안고 돌아왔다. 이웃 마을에서 네쌍둥이 중 하나를 무상으로 분양받아 왔다고 했다. 그녀는 모모라는 이름을 붙여 주었다. 모모는 탁구공 하나에도 넉장거리하며 재롱을 부렸다. 시간만 나면 작가들은 모모와 놀았으나 난 눈을 마주하면 재채기가 나왔다. 그의 눈망울에서 눈 맞추며 옛날이야기를 들려주었던 외할머니가 보였다. 그때 모모가 나에게 말을 걸었다.

"왜 그래요? 나 알아요?"

난 할머니 생각이 나서 모모를 일부러 피했다. 김 작가는 모모를 정성스레 돌봤다. 시내에 데리고 가서 중성화 수술을 했고, 예쁜 목걸이에 전화번호가 적힌 이름표까지 달아주었다. 입주 문인중에 출간하는 족족 베스트셀러가 되는 윤 시인이 있었는데, 김 작가는 모모를 매개로 해서 그와 친해졌다. 그들은 고양이 간식과 장난감을 가지고 방 안팎을 가리지 않고 놀았다. 윤 시인은 즉석에서 시를 지어 낭송하기도 했다. 모모는 적요했던 문학마을에 활기를 일으켰으나 분열도 가지고 왔다. 두 사람의 정겨운 모습을 눈꼴사납게 여기는 여자 소설가가 있었다. 강 작가는 둘 사이를 노골적으로 험담하고 다녔고, 모모가 애교부리며 다가서면 질겁하며 모기약을 뿌려댔다.

더위가 기승을 부리던 어느 늦은 밤. 복도에서 모모의 신음이 들렸다.

"아이구 죽겠다. 나 좀 살려주세요."

모모는 김 작가의 방 앞에서 끙끙대고 있었으나 그날 김 작가와 윤 시인은 늦은 밤이 되도록 들어오지 않았다. 난 휴지로 콧구멍을 막고 마스크로 무장한 채 모모를 안고 방으로 향했다. 문틈으로 빼꼼하게 얼굴을 내밀고 바라보던 강 작가가 내 시선과 마주치자 얼른 문을 닫았다.

"왜 그래? 엄마가 없어서 그런 거야?"

내가 묻자 모모는 엄살하며 말했다.

"아니에요. 강 작가가. 끙. 난 심심해서 그 방에 들어간 것뿐인데. 헉. 쫓아오더니 옥상 문 앞 층계참에 앉아있는 나를. 끙. 발로 차서 떨어뜨렸어요. 계단 모서리에 부딪혀 아파 죽을 것 같아요."

세상엔 착한 사람만 사는 게 아니야. 악인은 교묘하고 힘이 세. 정신 똑바로 차리지 않으면 잡아 먹혀. 네 엄마가 그랬어. 할머니의 말이었다.

어느 날, 밖이 어슴푸레 밝아올 무렵까지 작업하고 막 잠들었는데 밖이 시끄러웠다. 모모가 없어졌다고 김 작가가 울고불고 난리였다. 입주 작가들이 온 동네를 뒤지고 다녔으나 모모는 찾지 못했다. 난 관리인 이 씨를 의심했다. 그는 문학마을을 청소하며, 관장님의 지시로 고양이 시중까지 들어야 했으니 모모를 볼 때마다 미간에 바늘을 세웠다. 자기 어머니가 신경통을 앓고 있는데 저놈 잡아먹이면 좋겠다는 말을 스스럼없이 한 적도 있다. 모모의 행방을 물었으나 그는 모른다고 시치미를 뗐다. 모모가 없어진 이후 문학마을은 우울의 안개에 잠겼다. 이웃 마을까지 뒤져도 모모를 찾지 못한 김 작가는 끼니도 거른 채 몸져누웠다. 윤 시인은 외출한 채 오랜 기간 돌아오지 않았고 작가들은 묵언수행을 했다. 있다가 사라짐의 허전함, 쓸쓸함을 난 외할머니로 하여 깨단했다.

실종 나흘째 되던 날, 밖에서 왁자지껄한 소리가 들렸다. 목걸이에 달린 기다란 줄을 질질 끌며 모모가 나타났다. 그의 몸은 상처투성이였다.

"관리인이 먼 동네로 데려갔어요. 기회를 엿보다 겨우 도망쳐 나왔죠."

모모는 그 먼 길도 찾아왔는데 내 엄마는 어느 미로에 들어섰기에 돌아오지 못하는가. 문학마을에 따사로운 햇볕이 내렸으나 분위기는 싸늘해졌다. 김 작가와 윤 시인의 관계가 소원해졌다고 문인들은 쑤군댔다. 그나마 막혔던 내 작품의 물꼬는 터졌다.

우리에게 정해진 기한이 다 돼서 각자 집으로 돌아가야 하는 날에 냉랭한 분위기의 실체가 드러났다. 모모를 누가 데려갈 것인가를 놓고 논란이 벌어졌다. 당연히 김 작가가 책임질 것으로 생각했으나, 그녀는 난감해했다. 자신의 집에는 이미 여섯 마리의 고양이가 있어서 데려 오지 말라는 엄마의 엄중한 경고 때문이었다. 윤 시인은 자신은 자유주의자이기 때문에 어느 무엇에도 발목 잡히고 싶지 않다고 했다. 저번 모모의 실종 사건 때 큰 충격을 받았다고도 했다. 온전치 못한 몸 상태 때문인지 모모와 즐겁게 놀았던 나머지 문인들도 나 몰라라 했다. 알레르기가 있어서 나도 곤란하다고 했을 때 모모가 말했다.

"나 좀 살려줘요."

외할머니 생각이 났다. 할머니는 자식 다섯을 다 분가시키고 병이 들었다. 그런데 자식들 누구도 집에 모시기를 꺼려서 내 옆에서 쓸쓸하게 생을 마감했다.

난 동물보호센터로 데리고 갈 요량으로 모모를 케이지에 싣고 문학마을을 떠났다. 그러다 동네 어귀에 다다를 무렵에 생각을 바꿨다. 사람들한테 선택을 받느니 모모에게 선택권을 주는 게 좋겠다고 판단했다. 차를 세우고 케이지를 열며 말했다.

"자 네가 가고 싶은 곳으로 가."

"고마워요. 복 받을 거예요."

그렇게 헤어지고 나서 그날 밤 잠을 못 이루었다. 새벽부터 모모를 찾았으나 어디에도 없었다. 내가 알레르기를 치료하고 곁에 뒀으면 카이로스를 붙잡았을 텐데…… 글이 막히고 잠이 오지 않는 밤, 모모가 그립다. 꿈결처럼 창가에서 고양이 울음소리가 들린다.

"거기 누구 있어요?"

『문학나무』 83호(2022년 6월) 수록

ㅅ ㅏ ㄴ ㅂ ㅜ ㄹ ㄱ ㅏ ㅁ ㅅ ㅣ ㅇ ㅜ ㅓ ㄴ

산불감시원

허어 사각, 허어억 사각.

숨 한번 내쉴 때마다 등산화 아래 밟히는 갈색 잎사귀들의 짧고 경쾌한 비명이 정겹다. 평생을 우편배달부로 내를 건너고 산길과 꼬부랑 고갯길을 넘나들며 다진 체력이고, 오 씨한테 물려주기 전까진 눈을 감고도 매일 드나들던 청운봉이다. 겨우 삼 년을 쉬었을 뿐인데 저질 체력이 돼버렸다.

걸음을 멈췄다. 가쁜 숨을 고르고 손수건을 꺼내 촉촉해진 이마를 닦았다. 야트막한 언덕 구렁에 수북하게 쌓인 낙엽 무더기가 시야에 들어왔다. 상수리나무, 떡갈나무, 키 큰 굴참나무에서 떨어져 나온 지 오래 돼 바싹 마른 채 뒹굴고 있다. 가지에 붙어 있어야 수분도 공급받고 생기도 뽐내는 것이지 떨어지면 마르고 부스러지는 것이 세상 이치다. 황혼 길에 들어선 내 앞길을 보는 것 같아 우울해진다. 그나마 퇴직을 하고도 매일 할 일이 있다는 건 다행스러운 일이다. 다시 산길을 오르는데 시원한 바람 속에 불안한 기운이 스며들며 몸이 으스스 떨린다.

'오 씨가 무사해야 할 텐데.'

재작년 백학봉 일이 마음에 걸린다. 두 시간마다 상황을 보고 하는 함 씨의 무전이 갑자기 끊겼다. 방화수 차를 등산로 입구에 세우고 감시 초소로 부지런히 올라가 봤더니 함 씨는 초소 안에 드러누운 채 숨을 쉬지 않았다. 심장마비였다. 오늘은 청운봉 무전기가 아침부터 먹통이다. 청운봉에 빨리 가보라고 대장이 어찌 악을 써대는지 찍찍거리는 무전기 소리에 고막이 찢어지는 줄 알았다. 서진수는 산불감시단 단장이지만 우리는 대장이라고 불렀다.

한 달 전부터 공무원 구조조정 소문이 돌았다. 산불감시원에게도 불똥이 튀었다. 봉급 많은 사람 하나 잘라내면 우리 같은 사람 예닐곱 명 살릴 텐데. 만만한 게 홍어 x이라고 힘없는 사람만 총알받이다. 비가 내려 근무가 없는 날 사정을 알아보려고 대장 댁을 찾아갔다. 술을 좋아하므로 비싼 양주를 구입해서 동료 이 씨가 알려준 주소로 택시 타고 갔다. 공무원 출신 자택으로는 분에 넘치는 2층 양옥이었다. 넓은 잔디 마당을 지나 현관문을 열고 들어섰는데 마주 보이는 진열장엔 처음 보는 청자, 달 항아리 등

골동품이 입이 쩍 벌어질 정도로 많았다. 저걸 제 돈 주고 구입하진 않았을 테고 참 많이도 해먹었다는 생각이 들었다.

"뭘 이런 걸 들고 오나."

그는 내 손보다 선물봉지를 먼저 잡았다. 고급스런 소파를 덮은 양 모피 위에 초라한 내 엉덩이를 붙이기가 송구스러웠다. 대장은 머리털이 몇 올 남아 있지 않은 널따란 머리를 만지면서 내가 방문한 이유를 아는 듯 먼저 입을 열었다.

"자네도 소문 들었겠지만 우리도 인원 감축해야 해."

나를 보며 빙긋 웃는 것은 안심하라는 신호였을까?

"몇 명이나요?"

"담당 국장이 내 후배 아닌가? 잘 구슬러서 한 명으로 타협할 거야."

서진수는 도의회 의장 비서관 출신으로 현직에 있을 때는 인사나 인허가, 개발 사업 등 이권에 개입하면서 막강한 힘을 발휘한다고 소문이 자자했다.

"이력서 면면을 하나씩 놓고 생각해 봤는데 말야. 다 도의원, 실 국장들 빽으로 들어온 사람들이란 말야. 결론은 오병택 밖에 없어. 그리고 청운산에는 초소가 생긴 이래 여태 불 한 번 난 적 없잖아? 거길 당분간 폐쇄해야겠어."

한 사람의 목숨이 달린 문제를 쉬운 산수 문제 풀이하듯 말했다.

“제가 그만두겠습니다.”

“아니 김 씨가 왜? 집에서 놀면 뭐 하나? 손주들 용돈도 많이 들어갈 텐데? 그런 생각 말게. 자네는 조장 역할을 잘하고 있잖아? 오병택, 그 사람 삼 년 됐어. 그 정도면 많이 봐준 거야.”

오 씨는 공무원인 작은아들이 교통사고로 죽어서 보상 차원에서 산불감시원으로 특채됐다. 원래 산불감시원 자리는 노인 일자리 창출 차원에서 만들어졌다. 공개 모집을 해서 나라에서 정한 최소 시급을 준다. 그나마 녹음이 우거지는 여름철과 한겨울, 그리고 비 오는 날엔 근무를 하지 않아서 실제 받는 수당은 얼마 되지 않는다. 그래도 아침, 저녁으로 산을 오르내리며 운동도 하고 용돈도 벌 수 있는 일이라 중늙은이 사이에서는 꽤 인기 있어 경쟁률이 치열했다. 원칙적으로는 연금을 받거나 중위 계층의 재산이 있는 사람들은 지원할 수 없으나 현재 일하는 사람들 면면을 보면 원칙에 맞는 사람은 찾아보기 힘들다. 나부터가 그렇다. 친족 조카가 선거에 나섰을 때 선거 사무실에 출근하며 오는 사람들 안내하고 음료수 관리를 한 적이 있다. 도의원이 된 조카가 그 공으로 내게 산불감시원 자리를 마련해 주었다. 난 연금도 받고 보험도 여러 개 들어 노후 보장이 되어 있는 처지였으나 운동 삼아 용돈 버는 일이라 마다할 이유가 없었다.

삼 년 전 감시원 업무 교육 때 처음 만난 오 씨에게 청운봉 초소를 넘겼다. 교육이 끝나고 막걸리를 먹으며 연배가 비슷한 그와 친구가 되기로 했다. 그리고 난 승진하여 다섯 개의 초소를 관리하는 조장이 되었다. 조장은 작은 물탱크가 있는 트럭에서 방화수 겸 기사인 이 씨와 함께 지정된 장소에 대기하다가 산불 발생 신고가 들어오면 즉시 출동하여 초기 상황에 대처하는 일을 한다.

"오 씨, 그 사람 융통성이 너무 없어. 자네처럼 이렇게 사람도 만나고 해야 하는데 말야. 현대 사회는 인간관계 아닌가? 오병택은 인적 네트워크의 중요성을 몰라."

한 마디로 선물 안 주고 술 한 잔 안 산 게 얄밉다는 소리처럼 들렸다.

나무줄기 빼곡한 사이로 언뜻 밝은 빛이 보인다. 바위투성이 이 굽이만 지나면 능선을 가로지르는 평평한 산길을 만날 것이고 그 산길 끄트머리에 넓은 마당이 깔린 초소가 나타날 것이다. 다 왔다고 생각하니 숨은 점점 차오르고 다리는 퍽퍽해진다. 산등성이에 올라 잠시 걸음을 멈추고 땀을 닦는데 어디선가 음악 소리가 들렸다. 이 산중에 웬 무당이 제라도 지내는가? 온 감각을 집중하여 소리 나는 곳을 찾으니 감시 초소 있는 방향이다.

걸음을 재촉하여 구부러진 길을 펴며 앞을 가로막는 자그만 바위들을 타고 넘으니 눈앞이 시원하게 뚫린다. 긴 숨을 내쉬고 평탄한 길을 빠른 걸음으로 걸으니 곧 초소가 나왔다. 나무 사이로 보이는 초소 앞에는 흰 두루마기에 고깔을 쓴 사람이 음악에 맞춰 춤을 추고 있고, 그 광경을 웬 꼬마가 나무 의자에 앉아 넋을 놓고 바라보고 있다. 음악 소리는 의자 옆 카세트에서 나고 있었다. 그 모습이 너무 외경스러워 가까이 가지 못하고 염탐꾼처럼 나무 뒤에 숨어서 찬찬히 바라보았다. 초소 옆 평평한 바위 위엔 떡과 과일이 은박 접시 위에 놓여 있고 술병도 보였다. 그때 까마귀 두 마리가 날아와 초소 지붕 위에 사뿐히 내려앉았다.

"까마귀다."

의자에 앉았던 꼬마가 벌떡 일어나며 소리치자 승무를 추던 무용수가 춤을 멈춘다. 초소 지붕을 바라보더니 손등을 가린 소매를 걷어 손가락을 입 앞에 가져다 세웠다.

"쉬잇. 할머니하고 느 아버지가 왔다."

그리고는 초소 쪽을 향해 합장하며 허리를 굽혔다. 순간 고깔이 벗겨졌다. 오 씨였다. 살아 있었구나. 안도의 한숨이 나왔다. 오 씨는 제물이 놓인 바위 앞으로 가서 엎드려 종이 잔에 술을 붓고 절을 했다. 꼬마는 오 씨 옆에 서서 신기한 듯 바라보았다.

"훈아, 할아버지 하는 것 봤지? 너도 절 해."

말이 끝나자마자 꼬마는 철퍼덕 엎드리더니 절을 하고는 후다닥 일어섰다.

"천천히. 한 번 더."

꼬마는 오 씨가 시키는 대로 천천히 절을 했다.

"옳지. 잘했다. 이제 귀신들 밥 먹어야 하니까, 비켜서자."

오 씨가 꼬마를 데리고 물러서자 기다렸다는 듯이 까마귀들이 바위 위로 날아들었다. 그리고는 주변의 경계는 아랑곳없이 제물들을 쪼아 먹었다. 오 씨는 합장하며 허리를 굽혔다. 멀찌감치 떨어져서 바라보던 꼬마가 만족한 듯 벌떡벌떡 뛰다가 나무 뒤에 숨었던 나와 눈이 마주쳤다. 그리고는 오 씨에게 달려가더니 두루마기 뒤로 숨었다.

"할아버지, 저기……?"

내가 모습을 드러내자 오 씨는 송구스러운 듯 허리를 숙였다.

"아이고, 조장님, 힘들게 올라오게 해서 죄송해요."

"아니, 도대체 무전은 왜 안 받어?"

"빠떼리가 엥꼬야. 어제 깜박 잊고 충전 못 했어."

오 씨는 두루마기를 벗으며 개구쟁이처럼 씨익 웃었다.

"일단 여기 좀 앉아."

오 씨는 카세트를 들어 의자를 정리하고는 초소 안으로

들어갔다. 까마귀들은 아직도 먹는 데 열중이다. 산마루에 서니 산등성이를 타고 올라온 시원한 바람이 바짓가랑이 속으로 기어들었다. 발아래 꾸불꾸불한 산길이 수풀 사이로 언뜻언뜻 나타나고 아스라한 곳에 마을이 보였다. 꼬마는 내 눈치를 보며 슬금슬금 뒷걸음치더니 돌아서서 까마귀 있는 곳으로 달려갔다. 까마귀들이 놀라 까악 소리 지르며 날아갔다. 떡이 담긴 은박 접시를 들고 나오던 오 씨가 그 광경을 보고 야단쳤다.

"녀석아. 제사 먹으러 온 신령 쫓으면 어떻게 해."

꼬마의 얼굴이 일그러지더니 이내 땅바닥에 주저앉으며 울었다. 내가 보고 있는 것이 민망해서 더 서러운 것 같았다. 나는 못 본 척 나무 의자로 가 앉았다.

"으앙. 엄마! 엄마한테 갈래. 엄마!"

오 씨는 달랠 생각은 않고 떡 접시를 의자 위에 올려놓으며 약을 올리듯 말했다.

"그래. 가라. 혼자 가. 나도 이젠 늙어서 뒤치다꺼리하기 힘들다."

그 말에 꼬마는 더 큰 소리로 울었다.

"아니, 철없는 애를. 왜 그래?"

꼬마에게로 가려고 일어서자 다리가 후들거렸다. 퍽퍽한 다리를 두드리는데 오 씨가 먼저 꼬마에게로 갔다.

"뚝! 뚝 그치지 않으면 너 여기 두고 하르방만 가버린

다."

"안 돼. 가지 마. 할아버지."

"그러니까 뚝 그쳐. 어서."

꼬마는 울음을 그치고 손등으로 눈물을 훔쳤다. 오 씨는 손자를 일으켜 세우고 엉덩이에 묻은 먼지를 털어냈다. 나는 주머니에서 지폐를 꺼내 꼬마에게 내밀었다.

"자. 눈물 값이다. 맛있는 거 사 먹어."

"아니. 이러지 마. 아직 돈을 몰라."

"어허. 내 성의야."

"지훈아, 고맙습니다. 절하고 받아."

꼬마는 혼자 입속으로 중얼거리며 허리를 숙이더니 두 손으로 돈을 받았다. 그리고는 곧 오 씨한테 넘겼다.

"자. 이걸로 자동차 사줘."

"그래, 그래. 훈이 좋아하는 파란색 경찰차 사줄게."

"할아버지, 나 저기 사과 먹을래."

"그래, 먹으며 놀아라."

음식이 놓여있는 바위 쪽으로 가는 훈이를 바라보는데 허리춤에 꼽아둔 무전기가 울렸다.

'아차 보고를 안 했구나.'

화난 대장 얼굴이 떠올랐다.

"여기는 청운산. 대장 말하라 오버."

대뜸, 걸걸한 서진수의 화난 목소리가 들렸다.

"도대체 어떻게 된 거야?"

"금방 도착했습니다. 이상 없습니다. 무전기를 충전 못 했다고……."

"오병택 바꿔."

"여기는 청운산. 오병택이우다. 오버."

"오 씨. 일 그만두고 싶어? 어떻게 전쟁 나가면서 무기를 안 들고 가? 산불 났으면 뭘 어떻게 하려고?"

"어제 충전시키는 거 깜빡했습니다. 오버."

"이렇게 근무할 거면 그만둬. 하고 싶은 사람 줄 선 거 몰라?"

"죄송합니다. 오버."

"죄송? 근무 태만 처음이 아니잖아? 당신. 내가 갈 때까지 꼼짝 말고 거기 있어. 조장도 증인이니까 같이 있어."

대장은 대답도 듣지 않고 무전을 끊었다. 내 기분이 떨떠름한데 오 씨는 쓸개를 씹은 듯 입맛이 쓸 것이라는 생각이 들었다.

"대장 성질이 개떡 같아서. 헌데 근무 태만은 뭔 소리야?"

"며칠 전에 점심 먹은 게 잘못됐는지 저 녀석이 갑자기 배가 아프다는 거야. 그걸 보고하니 애를 데리고 다닌다고 역정을 내더라고. 그렇다고 병원에 안 갈 수도 없고. 자리 비우고 일찍 하산했지."

훈이는 사과를 양손으로 받쳐 들고 먹으며 나무와 풀꽃 사이를 거닐며 놀고 있다.

"인정머리가. 다 살자고 하는 짓인데. 손자는 죽은 아들의?"

오 씨는 고개를 끄덕였다.

"저놈 아니었으면 이 일 시작도 안 했을 텐데. 오늘이 먼저 간 마누라 기일이야."

오 씨는 내 옆에 앉아 먼 하늘을 바라보며 저간의 사정을 풀어 놓았다.

아들은 공무원 시험에 합격하여 발령을 받았다. 아기 분유 값을 벌려고 첫 월급이 나오기 전까지 저녁에 배달 알바를 뛰었다. 그러다가 빗길에 오토바이가 미끄러지면서 달려오는 차에 치여 즉사했다. 서울 사는 작은 며느리는 아이 때문에 일하는 게 힘들었다. 어느 날 큰 며느리가 작은 집에 찾아갔더니 안에서 아기 우는 소리가 들리는데 문은 밖으로 잠겨 있었다는 얘기를 들었다. 그러더니 하루는 큰 아들에게서 전화가 왔다. 지훈이를 당분간만 맡아달라는 거였다. 며늘애와 외간남자의 관계가 심상치 않다고 했다.

"나이도 젊은데 혼자 살기는 어려웠겠지."

"암, 당분간 눈 감기로 했어. 그래서 세 번째 제사를 치른 다음 날 저 녀석을 데리고 왔어."

"며늘애는 순순히 놓아주던가?"

"어디. 제 몸 아파가며 난 자식인데 오죽하겠어? 울고불고 난리쳤지만 혹 덩어리 때문에 창창하게 남은 인생, 걸림돌 된다고 큰아들이랑 겨우 설득했지."

"그럼 여태껏 저 손자를 데리고 매일 이 산 오르내렸단 말인가?"

"그럼 어쩌겠나? 어린이집 보낼 처지도 안 되고. 처음엔 안고, 업고 힘들었지만 서너 달 지나니 지금은 저 녀석도 잘 걸어. 이거 좀 먹어봐."

오 씨는 하얀 찐빵을 반으로 갈라 한쪽을 내밀었다. 나는 그것을 받아 입 안에 넣고 우물거렸다. 혼자 놀던 손자가 지겨워졌는지 어깨를 축 늘어뜨린 채 터덜거리며 다가왔다.

"할아버지. 집에 가자."

"해가 어디 있나 봐라. 저 산 아래로 넘어가려면 아직 멀었지?"

"졸려."

"졸리면 안에 들어가서 자."

"꼭 깨워야 해?"

"그려. 이젠 너 없으면 하래비도 심심해."

그 말에 손자는 안심한 듯 초소 안으로 들어갔다. 오 씨는 만족한 듯 입을 길게 찢으며 하늘을 바라보았다. 둥둥 흰 구름이 나풀거리고 있다.

"혹이 자네한테 붙었군, 헌데 춤이 보통이 아니던데 언제 배웠어?"

"그저 흉내만 내는 거지."

병택은 고생만 하던 마누라가 병으로 죽자 절간에 가서 사십구재를 했다. 마지막 날 스님이 바라춤을 추는데 어찌 신바람이 나는지 어깨가 저절로 들썩였다. 그는 개구멍받이로 부모가 누군지도 모른 채 절에서 심부름하면서 자랐다. 그때 어깨너머로 여러 번 봤던 게 바라춤이었다. 그는 일 년에 한 번 마누라를 위해서 춰야겠다는 생각에 혼자서 테이프 사놓고 연습했다고 했다.

"절간에서 뛰쳐나오지 않았으면 불목하니 생활하다 출가를 했겠지."

"왜 그 좋은 집 놔두고 뛰쳐나왔어?"

오 씨의 입가에 배시시 웃음이 묻어나왔다.

"절간에 사는데 시계가 무슨 소용이겠나? 그저 때가 되면 밥을 하고, 물 길어오고, 지들커 해오고 시키는 것만 하면 되었지. 헌데 사월 초파일 날 불공드리러 온 불자 중에 시계 찬 학생이 멋져 보이더라고."

"환속이 운명이었던 게지?"

"그랬나봐."

병택은 시주함에서 몰래 봉투 하나를 훔치다가 들켰다.

스님이 호되게 야단치며 회초리를 때리려고 하자 그는 승복 차림으로 도망쳐 나왔다. 절을 나오니 갈 곳이 없었다. 그때 거리에서 만난 사람이 구두를 닦는 양아버지였다. 열서너 살, 또래 애들이 중학교를 다닐 무렵부터 그는 구두통을 들고 양아버지를 따라다니면서 딱새가 되었다. '구두 닦어' 하며 또래 애들이 그를 놀렸지만 나중엔 병택이 자주 빵이랑 짜장면을 사주니 모두 부러워했다. 구두 닦으며 결혼도 하고, 애들 공부시키고 장가도 보냈으니 오 씨에겐 구두 닦는 일이 천직이었다.

"세상을 광내는 거 신나는 일 아닌가? 곰팡이 피고 헐어 거스러미가 인 구두도 내 손만 거치면 새 구두같이 빛났지."

오 씨 이야기를 들으며 무심코 산 아래로 시선을 두었는데 연기 피어오르는 것이 보였다.

"가만, 저거 연기 아냐?"

내 말에 오 씨가 일어서며 살피더니 후다닥 초소로 들어가서 망원경을 가지고 나왔다. 그리고는 한참을 지켜보다가 크게 한숨을 쉬며 망원경에서 눈을 떼었다. 그러면서 내게 망원경을 건네며 말했다.

"누가 밭에서 쓰레기를 태우나 봐."

눈가에 바투 대고 확인하는데 오 씨가 방향 변경을 지시했다.

"연기 나는 방향에서 오른쪽으로 봐. 계곡 위쪽으로 나무 우거진 곳 보이나?"

계곡을 에워싼 삼나무가 요새처럼 보이는 곳을 찾았다. 눈에 익은 곳이다. 안에 있던 나무를 베어낸 듯 한쪽에는 통나무들이 싸여 있었다. 삼나무로 둘러싸인 먼왓은 원래 우리 조상 묘 모신 문중 땅이었다. 계곡으로 불어오는 바람 막으려고 봄마다 몇 십 그루씩 심어서 울창한 숲이 되었다. 그런데 어느 종손 어른이 제 조부 이름으로 되어 있는 문중 땅을 도박 빚에 잡혀 헐값으로 팔아버렸다. 재판 걸며 싸워 봤지만 결국 묘 이장 비용 몇 푼 받고 물러설 수밖에 없었다. 나무 크면 통나무집 짓고 사는 것이 꿈이었다. 그런데 그 땅을 매수한 게 정성원 의장 부친이었다. 그는 일본 제국주의 시대에 세무서 집달리로 근무했다. 해방이 되자 일본 사람이 버리고 간 땅, 4·3사건 때 죽은 임자 없는 땅들 착복해서 부자 됐다.

"응. 통나무 싸여 있는 먼왓 말이지?"

"그래. 통나무 빌라를 지으려나 봐."

망원경을 오 씨에게 돌려주며 말했다.

"저 땅 주인이 누군 줄 알아?"

"서진수?"

"아니 정성원이야."

"그래? 정 의장은 치밀한 사람이야. 내가 도청, 도의회,

교육청 돌며 구두 닦을 때, 그는 일개 과장이었는데 상관들 구두 닦은 값은 항상 정 의장이 지불 했어."

"윗사람에게 하도 잘 비벼서 손금이 남아 있을까 몰라?"

"경 아부 잘하니까 도의회 의장까지 했주. 헌디, 저런 데도 건축 허가 나나?"

"힘 있는 놈이 법을 따지나? 포장도로 빼고 벌채하는 것도 다 불법이지. 저기 나무들 없어 봐. 빌레 투성이 내창 앞에 무신 집을 짓겠어? 저거 우리 어렸을 때 심은 거야. 재주는 곰이 부리고 돈은 뙤놈이 번다고. 고생하며 심어놓았더니 남 좋은 일만 한 거주. 저 숲을 볼 때마다 억장이 무너져서 저절로 욕이 나와."

"경헌디, 서진수가 무사 날 갈구엄 신고? 요전번엔 통나무 도둑 맞았댄 지랄을 떨더라고. 없어진 게 내 탓인가? 통나무 감시도 우리 임무야?"

"서진수가 정 의장 꼬붕인 거 자네 모르나? 오죽하면 정 의장 뇌물 받아먹은 것 서진수가 덮어쓰고 감방 갔다 왔겠어? 자네 대장 한번 만나봐."

오 씨는 정색하며 내 얼굴을 바라봤다.

"뇌물 쓰라고? 구조 조정 있다는 거 나도 아는데. 난 경까지 허멍 이 노릇 안 하겠네. 자네나 잘 보여서 대장 자리 물려받게."

가슴이 화살 맞은 것처럼 따끔했다.

"경해도 인간관계란 것 그런 거 아니잖아? 자네 저 손지키우젠 허민 돈 하영 들건디?"

"경하긴 허주만……."

"요즘 과일 싸잖아? 사들고 가서 사정 애기해 봐. 밑져야 본전 아닌가?"

"생각은 고맙네만……."

대장이 받아주지 않을 것을 들어알면서 조언하는 척하는 내 자신이 부끄러웠다.

서진수가 나타나지 않을 것이라는 걸 난 미리 짐작하고 있었다. 해가 건너편 산마루 뒤로 넘어가려 할 즈음에 급한 일이 생겨 못 온다는 무전이 왔다. 오 씨에게 똑바로 근무 못 하겠으면 집에 가란 일침 놓는 말은 잊지 않았다.

오 씨와 헤어지고 마을로 내려오는 길에 일부러 산 위에서 보았던 빌라 건축 현장 앞을 지났다. 어두워져 가는 산길 초입 공사장에 크레인을 장착한 작은 트럭이 전조등을 켠 채 서 있었다. 한 사람은 운전석에 앉아 기계를 조작하고 한 사람은 밧줄로 엮은 통나무에 크레인에 연결된 고리를 꿰고 있었다. 가만히 서서 구경하는데 통나무를 트럭에 안착시킨 런닝 차림의 젊은이가 나를 발견하고 다가왔다.

"무신 볼일이라도 이수과?"

"나, 이 산 감시원이우다. 헌데 이거 누구신디 허락 받아수가?"

"주인한테 대금 지불 다 되었수다. 세어 보십서. 열 개 맞는지?"

"주인이라면 정 의장 말씀이우꽈?"

"아니. 서 실장 마씀."

오 씨가 한 말이 떠올랐다. 정 의장 몰래 서진수가 간계를 부리고 있다는 것을 알았다. '개새끼.' 갑자기 그의 얼굴이 떠오르면서 분개심이 솟구쳐 올랐다.

아침부터 쏟아지기 시작한 비는 오후가 되면서 멈췄다. 오랫동안 하늘을 누렇게 가렸던 미세먼지가 사라지자 노을은 선혈처럼 붉게 타올랐다. 오 씨에게서 전화가 왔다. 당장 봤으면 좋겠다고 했다. 마침 마누라가 서울 아들 집에 간 때라 저녁도 때울 겸 잘 되었다는 생각을 했다. 그를 만난 지 보름이 넘었으니 대장을 만났을 테고 결과가 궁금했다. 그와 처음 만났던 시청 뒷골목 국밥집에서 만나기로 했다.

저녁이 설익어선지 식당 안은 썰렁했다. 다섯 개의 식탁 중 오 씨는 맨 구석 자리에 혼자 앉아 양재기 잔을 들이키고 있었다. 내가 다가서는 모습을 발견하고는 손등으로 입가를 쓱 훔치며 팔을 들어 신호를 보냈다.

"어서 와. 혼자 앉아 있기 무료해서 먼저 시작 했어."

"아니, 손주는 어떻게 해두고?"

"큰아들네로 보냈어."

말을 마치고는 못내 아쉬운지 한숨을 내쉬었다.

"아니, 그 사이 무슨 일이라도 있었나?"

"자 한 잔 받게."

얼굴이 상기되더니 북받쳐 오르는 감정을 숨기려는 듯 눈을 내리깔며 주전자를 내밀었다. 술잔을 채우고, 주전자를 건네받아 비어 있는 그의 술잔에도 술을 부었다. 그리고는 가볍게 술잔을 부딪치고 나서 단숨에 들이켰다. 그도 단숨에 비어내고는 바삭하게 생긴 김치 조각 하나를 입 안에 넣고 소리 내며 씹었다. 어색한 침묵을 견디며 젓가락으로 멸치볶음 속의 작은 새우 하나를 집는데 그가 입을 열었다.

"든 사람은 몰라도 난 사람은 안다고, 그 쪼그만 것이 없으니 이렇게 허전할 수가 없네. 큰 애가 자식이 안 생겨 고민했는데 지훈이를 맡아 키우겠다고 해서."

"잘했어. 손주도 젊은 부모를 훨씬 좋아할 거야."

"생부모 없이 커갈 그놈 앞날 생각하니 막연하고 마음이……."

울컥한 감정이 올라오는지 말을 잇지 못하고 고개를 숙였다. 그 모습을 바로 보지 못하고 고개를 돌리는데 주인

아줌마가 돼지 머리고기가 담긴 접시를 들고 오며 아는 체했다.

"오랜만에 오셨네요?"

"날 기억 햄수가?"

"그럼요. 산불감시단 조장님이잖으꽈?

집사람이 손자 봐주러 서울 다닐 때 간간이 들러 저녁을 때웠다. 정말 아줌마 손맛이 좋아 자주 오고 싶었지만 빈자리가 없어서 발길을 돌릴 때가 많았다.

"손자도 다 커시쿠다 양?"

"예. 마누라 해주는 밥 먹느라 올 일이 어서 져수다."

"그래도 막걸리 생각나면 옵서. 벗해 드리크매."

씩 웃으며 돌아서는 아줌마의 모습이 정겹고 진심 외로워 보였다. 늙어가면서 말벗이 있다면 좋겠다는 생각을 했었다. 펑퍼짐한 아줌마의 뒷모습에서 아늑한 어머니의 모습이 보였다. 경제가 어려워지니 단골들도 많이 끊긴 모양이다. 이젠 자주 와도 되겠다는 생각이 들었다. 김이 모락모락 나는 안주로 젓가락을 가져가는데 오 씨가 입을 열었다.

"그만두겠다고 했어."

젓가락을 거둬들이며 물었다.

"대장 만났어?"

"만나면 뭘 해. 서로 입장만 난처해질 텐데. 전화로 통보

했어. 내일 작은놈 제삿날이거든. 그것만 마치고 그만둔다고 했어."

"아니, 앞으로 어쩌려고?"

주눅 들지 않으려는 듯 오 씨는 애써 얼굴에 웃음을 지으며 말했다.

"나 걱정 없어. 큰 애가 서울 와서 같이 살자고 했지만 난 싫어. 사람은 자기가 나고 자란 곳이 최고야. 송충이가 갈잎을 먹으면 금세 탈 나. 친구도 없이 갑갑해서 어찌 살아. 자네 앞으로도 내가 부르면 올 거지?"

"그게 문제 아니잖아? 내가 대장 다시 만나 볼게. 자네 일 계속해. 내가 그만둘 거야."

"고맙긴 한데 그럴 필요 없어. 나도 평생 눈칫밥 먹고 산 사람이야. 서진수도 말리는 척 했지만 반기는 기색이더라고."

"그래도 아직 포기하기 일러. 내가 손 써볼게."

"되지도 않을 일. 엄한데 힘쓰지 마. 난 다시 세상을 광내며 살 거야. 먼지 묻은 구두통도 다시 깨끗하게 정리해 놓았어. 자네 곰팡이 핀 구두 광내는 법 알어?"

"그런 거 알아서 뭘 해?"

"친구니까 알려줄게. 우선 솔로 구두에 붙은 먼지 털어내고 알콜을 뿌려 불을 붙이는 거야. 그러면 가죽 밑에 숨어 있던 기름이 올라오거든. 그때 헝겊에 약을 묻혀 바르고 문지르고 스타킹으로 쓱싹 비벼서 닦아내면 빛이 번쩍광이 나지. 흐흐흐."

오 씨와 헤어지고 나니 기분이 억수로 더러웠다. 분노와 적개심으로 걸으면서도 욕만 나왔다. 온전한 정신으로는 잠을 이루지 못할 것 같아 소주방 한 곳을 더 들린 것까지는 생각나는데, 어떻게 집에 돌아왔는지 기억이 없다.

비몽사몽간에 불자동차 소리가 들렸다. 꿈속에서는 오 씨가 삼나무에 기름을 뿌리고 불을 놓았다. 나무들은 '뿌지직 탁' 소리를 내며 잘도 탔다. 오 씨는 불붙는 나무 앞에서 승무 춤을 추었다. 나도 따라 춤을 추었다. 반복해서 재생되는 꿈 때문에 깊은 잠을 못 이루는데 누군가 나를 찾으며 문을 두드리고 있었다. 실눈을 뜨니 유리창 커튼 틈으로 햇빛이 숨어들고 있었다. 바지를 찾아 다리에 꿰는데 몸이 휘청거렸다.

방화수 트럭을 운전하는 이 씨였다.

"아니 밤새 그렇게 전화를 했는데, 무사 안 받아수과?"

"전화?"

휴대폰 울리는 소리를 못 들었는데 어디서 흘린 모양이다.

"아휴, 술 냄새. 밤새 술독에 빠졌으니 불이 난 것도 몰랐지."

이 씨 몸에 묻은 그을린 냄새가 코를 찌르자 순간 머리가 깨지듯이 아팠다. 난 손으로 얼굴을 감싸고 찡그리며 말했다.

"어디 불났어?"

"예. 하필 청운봉이우다. 이미 다 진화되어 신디, 대장이 노발대발 말이 아니우다. 혼저 그릅서."

불현듯 오 씨가 걱정됐다. 고양이 세수를 하고나서 수도꼭지에 입을 대고 한참을 마시고 나왔다. 속은 아프고 머릿속은 뒤죽박죽이었다. 이 씨가 뭐라고 질문했으나 팔짱을 끼고 눈을 감아버렸다. 메케한 냄새가 코를 후비며 들어오자 현장이 가까워졌음을 알았다. 눈을 떠 창밖을 바라보니 비쭉 비쭉 솟아오른 시꺼먼 숯덩이 기둥이 보였다. 차가 멈추자 주변에 있던 경찰이 다가와 신분을 확인했다. 차에서 내리는 나를 보자 대장은 미간에 굵은 바늘을 세우며 소리쳤다.

"뭐 하다 이제 나타나는 거야? 당장, 올라가서 오병택이 모가지 끌고 와."

넋 나간 표정으로 불타버린 나무들을 바라보고 있는 정의장의 모습도 보였다. 처참하게 타버린 검은 기둥 사이로 평소 보이지 않던 냇가의 바위들이 허옇게 이빨을 드러내고 있었다. 계곡이 방화선 역할을 해서 다행히 불이 산 위로 번지지는 않았다.

대장은 찡그린 검붉은 얼굴로 두 주먹을 불끈 쥐며 분기를 드러냈다.

"오병택 이 새끼가 다 망쳐 놓았어. 이 새끼 나타나기만 하면 면상을 박살 내버릴 거야."

청운산 초입은 흥건한 물로 질퍽거렸다. 이 씨는 내 눈치를 살피며 거친 숨소리만 내쉴 뿐 아무 말 없이 뒤를 따라왔다. 술이 덜 깬 터라 조그만 둔덕에도 다리가 후들거렸고 숨은 턱까지 차올랐다. 속이 거북해지며 헛구역질이 나왔다. 잠시 서서 심호흡을 하고 다시 걸었다.

사각 허억, 허억 사각. 찌익. 어이쿠.

뒤를 조용하게 따라오던 이 씨가 헉헉대다가 돌부리에 걸려 미끄러지는 나를 부축하는 척하며 말을 걸었다.

"조심 헙서. 오 씨 때문 이 무슨 고생이우꽈?"

"없는 사람 욕하지 마라. 오죽 억울해시믄……."

"경허긴 허주만. 감옥 간다고 해결될 문제 아니잖수가? 경제적 손실은 어떵 보상헐 거우꽈?"

내가 대답을 하지 않자 이 씨도 거친 호흡만 씨근거릴 뿐 말없이 따라왔다. 불타는 삼나무 앞에서 춤을 추는 오 씨의 모습이 자꾸만 어른거렸다. 산머리에 이르자 길을 따라 예의 음악 소리가 들려왔다.

"이거 어디서 굿하는 거 아니우꽈?"

"굿 아니니까, 속습 허영 따라와."

바위틈을 지나 평지에 올라서니 발걸음이 한결 가벼워졌다. 초소에 가까이 다다를수록 음악 소리는 높아졌다. 나무 사이로 고깔을 쓰고 춤을 추는 오 씨가 보였다. 바위 위에 진설 되어 있는 제물을 두 마리의 까마귀가 쪼아 먹고 있었다.

"아니 저것이 무슨……."

"쉿!"

음악 소리가 잦아들자 오 씨가 춤을 멈추고 까마귀를 향하여 넙죽넙죽 절을 했다. 고깔을 벗고 두루마기를 벗는 때를 기다려 다가섰다. 오 씨는 다가서는 우리를 보며 올 줄을 알았다는 듯 미소를 보였다.

"어서들 오시오. 이제 여한이 없소."

오 씨의 말소리에 놀란 까마귀가 푸더덕 날개를 저으며 까악, 울고는 하늘 위로 날아갔다.

"아래 산 입구에 불 난 거 어떵 된 거꽈?"

무슨 말을 건넬까 궁리하는데 이 씨가 먼저 입을 열었다.

"오늘 아침. 여기 왕 확인 했수다. 경 안 해도 끝내고 거기로 내려갈 참이었수다."

이게 무슨 소리지? 아침에야 확인했다고? 상황이 얼른 정리되지 않았다. 그는 제물을 정리하며 먹을 것을 내밀었지만 나는 고개를 저었다. 이 씨는 떡을 받아먹으며 짐 정리하는 오 씨를 도왔다.

산을 내려오며 미끄러지면 이크 하는 소리뿐 일행 중 누구도 입을 열지 않았다. 묵언 수행하는 스님들의 행렬 같았다.

산 아래 현장에 도착했을 때, 서진수가 대뜸 나를 향해 달려들었다.

"김충근, 이 개새끼야. 너 나한테 무슨 억하심정이 있어서 이 짓거리 한 거야."

내 목덜미를 잡고 흔드는 순간 경찰이 달려들어 말리며 수갑을 내밀었다.

"당신을 방화범으로 체포합니다. 마을 입구에 있는 CCTV 검증 다 마쳤고, 어젯밤에 이곳까지 택시 타고 왔죠? 운전기사 증언도 확보했습니다."

머릿발이 서는 걸 느꼈다. 덜덜 떨리는 팔에 수갑이 채워졌다.

"개새끼야. 너 이거 어떻게 변상할 거야. 여기 나무 없으면 빌라가 무슨 소용이냐구?"

"불이 났으니 청운봉 초소 폐쇄하지 말아요."

의지와 상관없이 말이 튀어나왔다. 서진수가 발광하며 다가와 위해를 가하려는 것을 사람들이 막았다. 나에게로 향한 사람들의 시선이 따가워서 눈길을 둘 데 없었다. 숯기둥을 바라보는데 건너편 건천에 콸콸 쏟아져 내리는 물소리가 환청처럼 들렸다. 곁에서 지켜보던 오 씨가 울상지으며 안타까워했다.

"내가 그만 둔다고 했잖아? 이런다고 변하는 거 하나 없어. 이 미련한 친구야."

서진수는 쌍욕을 계속해댔으나 희열이 솟구쳐 올라왔다. 웃음을 참으려고 고개를 뒤로 젖혔다. 구름 한 점 없이 파란 하늘에 까마귀 두 마리가 맴돌고 있었다.

『제주문학』 94집(2023년 3월) 수록

ㅇ ㅑ ㅅ ㅜ ㅇ ㅗ ㅏ ㅇ ㅡ ㅣ ㅅ ㅏ ㄴ ㅊ ㅐ ㄱ

야수와의 산책

"뭐라고? 그게 사실이야?"

윤 국장이 아무런 감정 없이 툭하고 던진 말은 돌팔매가 되어 내 뒤통수를 강하게 때렸다. 마창석이 죽었다니? 작년 문학관에서 함께 하는 동안 희한한 일들을 겪으면서도 그는 생존에 강한 애착을 보였는데 스스로 목숨을 버렸다는 게 믿기지 않는다.

3월이면 문을 열던 문학관이 작년에는 코로나로 인해 4월 중순이 되어서야 입주해도 좋다는 연락이 왔다. 한 시간 반쯤 자동차를 몰고 문학관에 도착했을 때 마창석은 이미 한쪽 구석방을 차지하고 있었다. 그는 몇 년 전 미투 사건으로 구속되며 문단을 떠들썩하게 했었다. 그 후 그는 세인들의 관심에서 멀어졌는데, 출감 후 떠돌다 레지던스 프로그램을 운영하는 A문학관에 은둔하고 있었다. 사무국장의 말로는 2월 초에 오갈 데 없다며 막무가내로 쳐들어와서 죽치고 있는데 매정하게 내보내기도 그렇고 골치 아프다고 했다.

매년 오던 곳이었으나 첫날은 환경이 바뀌어서 그런지 몸도 마음도 적응을 못해 일찍 잠자리에 들었다. 얼마를 잤을까? 유리창 커튼 틈 사이로 달빛과 함께 스며든 짐승의 거친 숨소리에 잠이 깼다. 은은한 달빛의 명상을 부수는 소리가 두려움으로 다가오자 벌떡 일어났다. 밖으로 나가 현관문을 여는데 퍽퍽한 경첩의 삐걱대는 소리에 놀란 검은 물체 한 마리가 후다닥 도망쳤다. 길 건너 채마밭에는 파헤쳐진 월동 무가 여러 조각으로 동강 난 채 하얗게 뒹글고 있었다.

"고라니예요. 저기 똥 보세요. 요즘 산에 먹을 것이 없어선지 자주 내려와요."

돌아다보니 모자를 깊숙이 눌러쓴 사람이 달빛을 등지고 서 있었다. 직감적으로 마창석임을 알았다.

"마 작가?"

"예. 선생님, 오신다는 소식 들었어요."

"이거 얼마 만이야? 같이 있게 돼 반가워요."

반색하며 맞잡은 손을 몇 번 흔들고 방으로 발걸음을 옮기는데 뒤따르던 그가 날 불러 세웠다.

"한 선생님. 긴히 드릴 말씀이 있어서요. 밤이 깊었지만 잠깐 시간 내주시겠어요?"

그는 나를 휴게실로 데리고 갔다. 형광등 스위치를 올리자 벽면에 즐비하게 진열된 문학 잡지들이 오랜만에 보는 나를 반겨주었다. 불빛에 완연하게 드러난 마창석의 모습은 가년스러웠다. 감귤색 모자에 후줄근한 회색 티셔츠와 무릎 언저리가 심하게 튀어나와 단물나게 생긴 추리닝을 입은 그는 50대 중반의 한창 나이임에도 세월의 더께에 짓눌린 초로의 행색이었다. 그의 화려했던 이력을 생각하니 애련의 감정이 스멀거리며 몰려왔다.

10여 년 전 내가 심사에 참여한 문학상 시상식장에서 그를 처음 보았다. 그 문학상의 기존 수상자로 초대되어 온 그와 난 메인테이블에 마주 앉아 인사를 했다. 화려하고 흥성스런 분위기 때문이었을까? 잘 나가던 명성에 대한 선입견 때문이었을까? 여하튼 그의 첫인상은 매우 좋았다. 이국적인 얼굴에다 기름을 발라 뒤로 빗어넘긴 긴 머리에 말쑥하게 차려입은 재킷은 보통 사람들이 소화하기 어려운 짙은 보랏빛이었다. 엄친아의 용모에 좌중을 사로잡을 만큼 자신감에 넘친 유려한 언변은 단연 영웅의 모습이었다.

마창석은 휴게실 한쪽 구석에 서 있는 자판기에서 커피

두 컵을 뽑아 테이블 위에 놓았다.

"한 선배님, 건강은 여전하시군요?"

선생님에서 선배님으로 호칭이 바뀌었다는 것은 무슨 신호지? 커피 한 모금을 목으로 넘기고 나서 난 화답했다.

"고생 많았지요? 그 좋던 얼굴이 많이 상했구만."

내 말에 울컥했는지, 아니면 부끄러워서 그랬는지, 그는 마시던 커피를 내려놓더니 커다란 두 손으로 덥수룩한 얼굴을 감싸며 매만졌다.

"다 제가 처신을 잘못한 탓입니다. 죄송합니다."

그의 구속 소식을 접했을 때 난 작품 세계의 지평 확장을 위해 좋은 기회가 될 거라고 기대했었다.

"색다른 경험 했으니 좋은 작품 나오겠구만요?"

위로한다고 건넨 말에 용기를 얻은 그는 얼굴빛을 바꾸며 선심 쓰듯 말했다.

"선배님. 말씀 낮추십시오. 제가 한참 어린데."

한참이라 했지만 일곱 살 차이였다. 그는 넉살 좋게 내 마음의 빗장을 풀더니 재빨리 손을 내밀었다.

"오랜만에 뵙는데 이런 말씀 드리기 송구스럽습니다만, 급하게 쓸 데가 있어서 그런데 이십만 원만 빌려주시면 안 되겠습니까?"

말을 마치고는 어색하게 웃었다. 천하의 마창석이 자존심 다 버리고 구걸이라니? 많은 문학상을 휩쓸었고 매년 베스트셀러 작가에 선정될 정도로 인세도 많이 받는다는 소문을 들었는데. 늘어진 눈꺼풀과 풀기 없는 그의 목소리에서 알량한 형편이 느껴졌다. 따지고 보면 돈 빌려줄 정도로 친한 사이는 아니었지만 석 달을 한 지붕 아래 살아야 하므로 선뜻 지갑을 열어 호의를 베풀었다.

문학관에 딸린 자그만 식당에 손맛 좋은 아줌마가 있었는데 투병 중이었다. 달리 찬모를 구하지 못해 동네 식당에서 식사해야 한다고 윤 국장이 양해를 구했다. 아침은 문학관 식당에 준비해 놓은 식자재로 각자가 알아서 해결하고, 점심과 저녁은 정해진 시간대로 한마음식당에 모여서 먹었다.

A문학관은 3개월씩 나누어서 작가들을 입주시켰는데, 작년 1기 동기생들은 나와 마 작가 그리고 중년의 여성 시인과 두 명의 젊은 여자 소설가 등 다섯 명이었다.

두 소설가는 마창석에 대해서 너무 잘 알고 있는 듯 눈 마주치는 것도 역겨워할 정도로 그를 싫어했다. 눈치 빠른 마창석은 그런 정황을 모른 채 하지 않았다. 사흘째 되던 날, 저녁을 먹는데 생활 리듬과 안 맞으니 따로 먹겠다고 했다. 밤새워 글을 쓰다가 새벽에 잠을 자는데 점심시간을 맞출 수 없다는 것이 이유였다. 너희들과 어울리지 않겠다는 선언이었다. 젊은 소설가들은 눈엣가시 같은 놈 안 보게 돼서 차라리 잘 되었다는 듯 마주보며 입꼬리를 올렸다. 그런데 다음날 단톡방에 또 한 명의 이탈자가 나왔다.

'내일부터는 마 선생님하고 밥 먹을게요. 저도 사실 올빼미과거든요. 아침 겸 점심을 먹는 게 좋고, 저녁도 일찍 먹고 산책하려구요.'

나이 50 넘어 시로 등단했다는 김화경이었다.

김화경은 정체를 알 수 없는 여인이었다. 마 작가와 비슷한 나이고 등단 6년 차라는데 여태 시집 한 권 못 냈다. 그런데 똥폼은 다 잡고 허세를 부렸다. 외제 차를 주차장에 세워 놓았고, 목걸이, 귀걸이, 팔찌 등 온갖 장신구에 실내에서도 늘 파티복 같은 화려한 옷을 입었다. 거기다 금연 시설인데도 담배 연기가 옆방에 흘러들 정도로 유유하게 실내 흡연을 즐겼다. 사무국장에게 확인한 결과 그녀는 보험설계사로 삼십 년을 일했고 대리점까지 가지고 있다고 했다. 규정대로 엄격하게 심사했다면 직장을 가진 사람은 입주할 수 없는데 특혜였다. 그 높은 경쟁을 뚫고서 입주하게 된 배경에는 정실이 개입되어 있었다. 그녀가 만학으로 공부한 문창과의 지도교수가 평소 잘 알던 관장에게 청탁을 넣었다고 했다. 난 그녀의 심리에 묘한 호기심을 느꼈다. 집도 사무실도 자동차로 30분 거리에 있고 사업관계로 자주 외출하면서 왜 그녀는 굳이 문학관에 입주했을까?

김화경은 젊은 작가들에겐 김 여사로 불렸다. 문자를 본 젊은 작가들은 빈정대기 시작했다.

'김 여사가 마창석의 마수에 넘어갔다.' '검색 창에 이름 치면 어떤 놈인지 다 알 수 있는데 설마 그걸 모를까?' '마창석 작품 읽어보셨죠? 어떻게 여자를 골프채로 때려 죽일 수 있어요?' '마초가 아니라 악마에요.'

그의 작품은 문학상을 받을 때마다 화제를 일으켰다. 황당한 주장을 내세우며 잔인하게 행동하는 주인공을 옹호하는 작품들에 심사위원들은 인간 내면의 악마주의적인 요소를 교묘하게 짜깁기해서 악한 소설의 가능성을 보였다고 칭송했다.

어느 잡지에서 어린 시절 이야기를 쓴 그의 글을 읽은 후, 난 작품에서의 악마적 난폭성은 그의 탄생 비화와 굴곡된 유년 시절에 집적된 잠재의식에서 왔다고 단정했다.

지방 유지의 아들이었던 부친은 한량이었다. 이웃 마을 무녀와 눈이 맞아 송창석을 낳았으나 조부는 무녀를 받아드리지 않았고 부친은 죽음으로 반항했다. 그는 조부모의 손에 자랐으며 모친은 전국을 돌아다니며 굿을 한다는 소식을 들었으나 한 번도 만난 적이 없었다. 그는 삼촌들의 괴롭힘과 멸시를 받아내며 성장했고 그 내용을 일기로 쓰면서 증오를 키웠다. 부친에 대한 원망과 혈육에 대한 미움 때문에 등단하면서 마 씨로 성을 바꿨다. 그가 위안을 받은 것은 읍내 도서관에서 빌려온 문학 명작들이었다. 그때 남의 아픔을 보듬어 줄 수 있는 작가가 되기로 마음먹었다. 그는 학창 시절부터 도내 백일장을 휩쓰는 글솜씨를 발휘했는데, 그것은 직접 사서삼경을 가르쳐 주었던 조부의 덕이 컸다고 말했다. 그의 작품에 중국의 경전, 서양 신화와 역사에 대한 이야기가 많이 인용되는 것도 축적된 독서의 힘이었고, 인간 심리를 현학적으로 풀어내며 독자들을 끌어당기는 자산이 됐다.

나는 아침을 먹고 나면 문학관 뒤의 산속으로 난 숲길을 산책했다. 관목지대를 거쳐 자그만 언덕을 구불구불 길을 펴며 올랐다. 적송과 편백나무, 상수리나무들이 내뿜는 피톤치드를 마시며 계곡을 끼고 돌아 산 너머 마을 입구까지 갔다가 돌아오노라면 생각도 술술 풀리고 등짝이 촉촉해졌다. 그런데 어떻게 알았는지 어느 날부터 마창석이 뒤를 따라나섰다.

"왜? 김 여사는 어떻게 하고?"

"그런 말씀 마세요. 10분만 걸으면 숨을 헐떡거리는데 운동이 됩니까?"

"나이가 들어서 그런가?"

"그놈의 담배 때문이죠. 무슨 여자가 니코진 냄새가 몸에 밸 정도로 담배를 피우는지? 내가 그 여자 좋아서 선생님, 선생님 하며 아양 떠는 줄 아세요?"

그럼 왜? 하고 목까지 차오른 의문은 생글거리는 그의 얼굴을 보자 사라졌다. 그의 웃음은 생존을 위한 전략적 선택임을 말하고 있었다. 부유한 차림새의 초짜 시인을 보자 먹잇감을 노리는 맹수처럼 마창석의 눈이 번뜩였을 것이고, 김 여사는 그의 수려한 용모와 언변에 한때 잘 나갔던 소설가란 이유만으로도 마음이 동했을 것이라는 합리적 추론을 위해 내 머릿속 회로가 빠르게 움직였다.

그와 함께 산책하는 날은 나의 명상이 늘 깨지고 조각나버렸다. 그는 불량 체력으로 헉헉거리면서도 잠시도 쉬지 않고 나불댔다.

"제 호가 약수인데 세상이 나를 야수로 만들었어요."

"약수? 상선약수의 약수?"

"예. 물처럼 살려고요. 헌데 친구들은 날 야수라 불러요."

"야수? 허허허. 작품 성향과 딱 어울리는 별명인걸?"

그도 실없이 소리내어 웃으며 엉너리를 부렸다. 인기척에 놀란 짐승 한 마리가 잽싸게 몸을 피하며 달려가는 소리가 들렸다. 야수는 보이지 않고 눅진한 산바람이 열기 오른 얼굴을 핥고 지나갔다. 비탈진 산길 중턱을 넘어서는 곳에 등받이 없는 나무 의자가 놓여 있다. 혼자 산책할 때는 그냥 지나치던 곳인데, 뒤를 따라오던 마 작가가 숨 넘어가는 소리로 쉬어 가자고 했다. 발길을 멈추고 내려다보니 예닐곱 길은 됨직한 낭떠러지 아래 자그만 개울이 도란거리며 흐르고 있었다.

마 작가는 상체를 흔들며 몇 번 숨을 크게 뱉어내더니 모자를 올려 손바닥으로 땀을 훔치고는 단애의 가장자리에 서서 오줌을 갈겨댔다. 나는 의자에 앉아 들고온 자그만 물병을 따 목을 축였다. 순간 산비탈을 미끄러져 내려온 한 줄기 바람이 마 작가의 머리에 걸쳐 있던 모자를 낚아채고 낭떠러지 아래로 달아났다. 마 작가는 옷을 추스르며 아쉬운 듯 가녀린 모가지를 빼들고 두리번거리며 모자의 착륙지를 찾았다. 그러다 금세 '에이 씨' 하며 포기하더니 거친 들판을 뛰노는 야생마의 갈기 같은 길고 뻣뻣한 머리칼을 뒤로 쓸어넘기며 돌아섰다.

"저는 글이 안될 때면 달빛을 따라 여길 와요. 고라니를 가끔 마주치죠. 녀석은 내 마음도 모르고 늘 저만치 계곡 아래로 내빼서 숨어버려요."

야수는 건넨 물병을 벌컥이며 비워내더니 내 옆에 바투 앉았다.

"난 저 아래로 날아가고픈 충동을 느낄 때가 한두 번이 아니었어요."

"한 번뿐인 인생, 시퍼런 청춘이 죽긴 왜 죽어?"

"제가 할 줄 아는 게 글 쓰는 재주뿐인데, 먹고살기 힘들어요. 제길헐."

말을 마치고는 학! 하고 가래를 돋우어내더니 길섶으로 뱉어냈다.

"마 작가. 그동안 받은 상금이랑 인세는 다 어떻게 하고 집 한 칸 따로 마련 못 해 떠돌이 신세가?"

"선배님, 그런 말씀 마세요. 제 할 도리는 다했어요. 자식들 이름으로 대학 졸업 시까지 쓸 통장도 만들어 줬고. 시골 고향을 위해서도 돈 많이 썼습니다. 개천에서 용 났다는데, 초중고 출신학교 장학금에, 경로당에, 마을회에서 일 있을 때마다 손 벌리더라구요. 친구들 내 술 안 먹은 놈 없어요. 술값으로도 많이 날렸지요. 흐흐흐."

땀이 말랐는지 얼굴에 부딪는 바람이 찼다. 내리막길은 걷기가 조심스럽다. 산은 오를 때보다 하산할 때 사고가 많이 나는 법이다. 난 그가 정상에 오른 어느 소설가처럼 도박에 미쳐서 가사 탕진하지 않은 게 다행이라 생각했다.

"이젠 인세도 뚝 끊겼고 쪽팔려서 고향에도 못 가요. 그래도 의리 있는 친구들은 가끔 용돈도 주고 그러는데, 전화도 받지 않는 놈들이 많아요."

마창석의 불만은 구불구불한 산책길을 다림질하듯 이어졌다.

“세상이 더럽게 변해 가고 있어요. 아주 여자들 세상이에요. 판사가 남자였다면 난 무죄를 받았을 겁니다. 여자 판사가 내 얘길 싹 무시했어요. 빌어먹을.”

그는 시간을 건너뛴 다른 별에서 온 사람처럼 말했다. 내 뒤통수에 대고 계속해서 적개심을 쏘아댔지만, 편향된 그의 사고에 화답할 마땅한 말이 얼른 떠오르지 않았다.

“도덕 강박증에 사로잡힌 사회가 문제에요. 생각해 보세요. 우리 때는 음담패설은 분위기 조성을 위한 필수요건이었잖습니까? 가벼운 터치도 친밀함의 표현으로 용인됐었구요? 그런데 몇 년이나 지난 일을 소급해서 성추행이라니요? 날 아주 사망케 하려는 작자들이 작정하고 지랄을 떨어요.”

어렸을 적 형성된 가치관은 쉽게 변하지 않는 건가? 물정에 어두운 건지, 변화의 속도에 적응 못하는 건지, 아무튼 그는 경색된 세태 탓을 하고 있었다.

“마 작가, 나처럼 별 볼 일 없는 소설가는 아무도 관심을 두지 않아. 우린 회초리 맞으며 자랐지만, 지금은 부모도 자식을 때릴 수 없는 인권이 우선하는 시대 아닌가?”

“나 같은 놈은 그냥 앉아서 죽으란 소리군요? 낙인이 찍혀 이젠 책도 팔리지 않고, 밥 굶으며 수십 편 써놓았는데 책 내줄 출판사가 없어요.”

“그렇다고 이렇게 은둔 생활이 답인가?”

"소설이 없었으면 전 벌써 이 세상 하직했을 겁니다. 그나마 날 구원해 준 게 소설이에요."

말이 끊겨서 슬며시 뒤돌아보니 그는 고개를 떨구고 입술을 깨물고 있었다.

"살 방법을 찾아야지? 먹어야 글도 쓸 게 아닌가?"

"전과 이력 때문에 취직도 안 돼요. 정말 밥과 용돈을 준다면 꼽추할매 하고도 살 겁니다."

그가 왜 집을 버리고 나왔는지는 윤 국장에게 들어서 알았다.

"무릎 꿇고 마누라 곁으로 들어가지. 그래?"

내 말이 마뜩잖은지 볼멘소리를 했다.

"흥! 숨통 막히고 갑갑해서 어찌 살아요? 아마 사흘도 못 견디고 다시 뛰쳐나올 걸요. 마치 날 제 소유물처럼 생각하는 여자에요."

"결혼이란 아름다운 구속이라지 않는가? 세상은 음과 양이 조화를 이루어야 평안한 것이지."

"여자요? 필요하죠. 배신만 때리지 않으면요."

그의 과거를 잘 아는 윤 국장은 부인에게 배신 때린 것은 야수였다고 했다. 바람을 피워서 본가에서 쫓겨 났는데, 한 번은 실수라고 용서해 주었으나 마 작가 곁에는 항상 여자 작가나 문청들이 따라다녔다고 했다.

"바람의 맛을 모르는 사람은 있지만 한 번 맛본 사람은 그 달콤한 악마의 유혹에서 쉽게 벗어날 수 없는가 봐요."

어느 날 산책길에서 야수는 살아온 인생 내력 중에 화려하게 타올랐던 시절의 에피소드를 늘어놓으면서 인생의 허무를 이야기했다.

"자네. 불경에 조예가 깊던데 해탈이란 게 뭔지 알잖은가? 이 지구상에서 완전히 사라질 때까지 인간은 고해의 파도와 늘 부딪치는 게 숙명이지."

"열반…… 불이 꺼짐."

그는 혼자 뇌까리다 무슨 생각에 잠겼는지 한동안 말이 없었다. 침묵이 길어지자 냉랭한 기운이 우리 사이를 갈라놓는 듯했다.

"이제 자네 나이도 오십을 훌쩍 넘겼으니 욕심을 내려놓을 때도 되었네. 그만하면 좋은 작품도 많이 썼으니 잘 죽는 방법을 찾아야 할 때야. 자네가 하겠다면 당장 빌딩 주자 관리원 자리라도 추천해 줄 수 있네."

말을 해놓고는 아차 싶었다. 사람을 어찌 보고 그따위 소리냐고 버럭 화를 낼 줄 알았는데 그는 다소곳하게 입을 열었다.

"선배님, 생각은 고맙지만 전 굶어 죽어도 그런 일은 안 합니다."

하긴 나부터가 머리를 쓰고 먹고살던 사람이라 몸 쓰는

일엔 젬병이다. 예의를 갖춰 공손하게 거절해 줘서 고마웠다.

"인간에게는 에덴동산으로의 회귀 본능이 있어서 늘 좋은 때만 생각하지. 허나, 꼰대 같은 소리라고 생각하겠지만 때론 상황을 겸허하게 받아들이고 내려놓을 줄도 알아야 해."

"그물에 걸리지 않는 바람처럼, 흐르는 물처럼 살고 싶었지요. 헌데 빌어먹을 덫에 걸렸어요."

내 말을 흘려들었는지 그의 목소리에는 억울함만이 잔뜩 묻어 있었다. 난 씁쓸함을 느끼며 계곡으로 고개를 돌렸다. 나무들이 비틀어지면서도 햇볕을 받기 위해 하늘로 고개를 쳐들고 기원하고 있었다.

"세상에는 악마들이 많아요. 난 무녀의 피를 받아선지 악마들이 보여요. 정말 하느님이 내게 소리 안 나는 총을 주고 지구를 지키는 보안관이 되라면 난 그 악마들을 골라내 소탕할 자신이 있어요."

야수는 마치 만화 속 정의의 사도처럼 말했다. 같은 땅을 밟고 있으나 그는 상상과 현실을 분별하지 못한다는 생각이 들었다. 내가 대꾸를 하지 않자 무안했는지 잠시 뜸을 들이다가 말을 이었다.

"요즘 스토커 때문에 미치겠어요. 잠도 못 자고 우울증까지 걸렸어요. 정기적으로 병원 가서 약을 타 먹어요."

그가 말하는 우울증은 스토커가 아니라 스스로 만든 병일 것이라는 생각이 들었다. 불우한 환경에서 어렵게 고생하다 신데렐라가 된 연예인 중에 우울증 환자가 많은 것처럼 마창석도 어느 날 갑자기 쨍하고 떠오른 작가였다. 대중의 관심과 기대를 받는 인기인들은 늘 불안하다. 야수도 하늘 높은 줄 모르고 솟아오르다 사회 관습이 쳐놓은 윤리도덕이라는 그물에 걸렸다. 억울함과 분노, 구겨진 자신의 이미지, 팬들의 실망, 잊혀진다는 것에 대한 두려움과 강박관념, 이런 것들이 병을 만들었을 테니까.

야수가 말하는 스토커의 실체가 드러난 것은 며칠 후였다.

점심을 먹고 식곤증에 잠시 눈을 붙였는데 밖에서 부산한 소리가 들렸다. 마창석을 찾는 괄괄한 여인의 목소리였다. 주차장 한구석에 부옇게 먼지를 뒤집어 쓴 중형차가 있었는데, 그것이 자신의 차라는 것이었다. 윤 국장이 그녀를 달래며 사무실로 데리고 간 사이, 창문을 넘어 산책길로 줄행랑치는 야수의 뒷모습이 보였다. 아, 내가 무엇을 보고 있지? 우스운 광경이지만 버림받은 영웅의 비참한 말로를 보는 것같아 한숨이 나왔다.

"사기꾼 새끼. 소설 잘 쓰면 뭐 해? 인간이 되먹어야지. 감방 갔다 오고도 정신 못 차렸어. 그 자식 콩밥 더 먹여야 돼."

그녀는 자신을 등단한 수필가라 했다. 부잣집 부인 같은 화사한 차림새였는데 목소리는 바리톤이었다. 출감 후 마창석이 찾아왔기에 안 돼 보여서 돈도 빌려주고 동정을 베풀었는데, 자가용까지 가지고 잠적했다는 것이다. 윤 국장은 마창석의 방에서 차 키를 찾아내어 돌려주고 잘 달래어 그녀를 보냈다. 젊은 작가들 틈에 끼어 사태의 추이를 관망하던 김 여사는 돌아가는 수필가의 뒷모습을 눈 흘기며 바라보다 말 한마디 없이 방으로 들어가버렸다. 분노의 화살같은 수필가의 말보다 김 여사의 표정을 더 열심히 관찰하던 젊은 작가들의 노닥이는 소리가 이어졌다.

"헐, 대박. 이 꼴을 보고도 마창석을 가까이 할까?"

"아이구. 나라면 학을 떼고 도망가겠다."

그들은 웃고 떠들었지만 난 안다. 나쁜 남자에게 더 끌리는 여자도 있다는 것을. 위기에 빠진 남자를 보호하려는 모성 본능이 이런 때도 작동한다는 것을. 내 예상대로 둘 사이는 더 가까워졌다. 야수는 김 여사의 차를 타고 외출이 잦아졌으며, 한밤중에 은밀히 서로의 방을 오고 가는 것을 목격한 젊은 작가들이 사무국장에게 고자질했다.

"외로운 성인남녀들끼리 좋아하는데 뭘 어쩌겠어요?"

윤 국장은 김화경이 혼자 산다는 것을 이미 알고 있었

다. 그 사건 이후 야수는 나와의 산책을 그만두었다.

그 일이 잊혀져 갈 무렵, 야수가 술을 마시면 안 되는 심각한 환자라는 것을 알게 되는 일이 생겼다. 밤늦게 비가 내린다는 예보에 맞게 매지구름이 너울대며 몰려들어 끄느름한 금요일 오후였다. 서울 동백출판사에 근무하는 김 부장이 관장을 만나러 왔다가 마창석과 내가 입주해 있다는 사실을 알고는 저녁을 사겠다고 했다. 마창석의 책을 출판한 적이 있어서 둘은 친한 사이라 했다. 윤 국장과 넷이 시내로 나가 고깃집에서 술판을 벌였다. 뭉근한 숯불 위에서 고기가 노르스름해지고 술잔이 한 순배 돌았을 때 야수는 자신의 회포를 드러냈다.

"하 이거 분명 히트 칠 작품인데 말이야. 김 부장님, 정 안되면 가명으로 출판하면 안 되나요?"

김 부장은 이력이 난 사람이라 출판업계의 사정에 훤했다. 그런 얘기가 나올 줄 짐작했다는 듯 태연하게 웃으며 받았다.

"출판사 말아먹을 일 있어? 야수의 작품은 특이해서 금방 들통날 텐데 윗선에서 허락하겠냐구?"

마창석은 몸이 달았는지 술을 단숨에 입안으로 털어 넣더니 김 부장에게 잔을 권하며 떼를 썼다.

"읽어나 봐줘요. 아주 기발한 내용이라니까? 안 그렇습니까, 한 선배님?"

응원을 기대했지만 난 객쩍은 웃음을 흘리며 술잔만 만지작거렸다. 그러자 김 부장이 어색한 분위기를 한 마디로 수습했다.

"듣기 거북하겠지만 마창석 이름은 이미 업계 블랙리스트에 올랐어. 그 어떤 출판사도 나서기 어려울 거야."

워낙 소설이 안 팔리는 데다가 주요 독자층인 젊은 여성들의 눈 밖에 났으니 출판사에서 무모하게 덤빌 수 없다는 것을 알면서도 야수는 김 부장에게 매달렸다. 그 모습이 안타까웠는지 윤 국장이 거들었다.

"마 작가 재능 썩는 게 아깝긴 하지. 다른 필명으로 신춘문예 응모해 보면 어떨까? 새로 시작하는 마음으로 도전해 보라구."

그러자 야수는 눈을 부릅뜨며 윤 국장을 노려봤다.

"골 비었어요? 어느 신문 심사위원이 누군지 뻔히 아는데. 그들의 수작에 장단 맞추라고?"

한 잔만 마신다던 야수는 술잔을 주고받더니 아예 술병을 곁에 두고 자작하고 있었다. 고깃집을 나왔을 때 빗방울이 떨어지고 있었다. 거나하게 취했는데 술발이 당겼다. 김 부장을 보내고 윤 국장이 마트에서 마련해 온 맥주와 간단한 안주를 문학관 식당에 펼쳐 놓았다. 야수의 감방체험이 지붕을 두들기는 빗방울 소리에 맞춰 운치 있게 들렸다. 무거워지는 눈꺼풀을 못 이겨 의자에 머리를 기대고 잠시 눈을 감고 있었는데, 둔탁하면서도 날카로운 소리에 등이 저절로 곧추섰다. 야수가 일어선 채 맥주병을 식탁에 다 내리치며 깨뜨리고 있었다. 그는 술이 남은 병까지 다섯 개를 모두 부수고는 유유히 문을 열고 사라졌다. 말릴 틈도 없이 눈 깜짝할 사이에 벌어진 일이었다.

"왜 김 여사 얘기를 했어?"

"아뇨. 난 듣기만 했죠. 저 혼자 얘기하다 뜬금없이 일어나서 이런 푸닥거리 벌린 거예요. 내가 잘못했어요. 야수는 술 먹으면 안 되는데. 감방 가기 전에도 술 마시다 맥주병으로 후배의 머리를 내리쳐 스무 바늘 이상 꿰매는 사고를 쳤어요."

유리 조각들은 주방 쪽을 향해 흩어졌고 나무 식탁에는 여러 군데 큼직한 생채기가 남았다. 식탁을 짚고 일어나는데 손바닥이 따끔거리더니 금세 피가 솟아 나왔다.

문을 두드리는 소리에 눈을 떴다. 유리창으로 햇볕이 쏟아져 들어오고 있었다. 문을 여니 윤 국장이 걱정스런 표정으로 나를 바라봤다.

"손은 괜찮아요?"

그제야 난 손바닥에 붙여진 밴드 사이로 피가 삐져나와 검게 응고된 것을 보았다. 밴드 위를 누르니 통증도 느껴졌다. 멋쩍은 웃음을 흘리며 윤 국장을 보는데 슬리퍼를 신은 그의 발에도 붕대가 감겨져 있었다.

"자네도 다쳤어?"

"괜찮아요. 청소하다 살짝 피 좀 봤죠. 해장국 집에 속 풀러 가요."

윤 국장은 자신의 동생이 우울증으로 고생하다가 젊은 나이에 스스로 목숨을 끊었다고 했다. 우울증 환자는 술이 깰 때가 더 위험하다며 일부러 야수를 깨워서 해장국을 먹여야 한다고 했다. 눈을 비비며 나온 야수는 해맑은 미소를 지으며 너스레를 떨었다.

"좋은 아침입니다. 잘들 주무셨죠?"

어이없어 나를 슬쩍 바라본 윤 국장은 칭칭 동여맨 발을 야수 앞으로 쑥 내밀었다.

"허 이런! 이게 안 보여?"

그는 윤 국장의 발을 한참 내려다보다가 고개를 갸웃거리더니 정색하며 물었다.

"어젯밤에 무슨 일 있었어요?"

시치미 떼는 야수에게 자초지종을 설명하자 그의 표정이 차츰 어두워져 갔다.

"기분이 나빴다면 잠도 잘 못 잤겠죠? 헌데 간밤엔 아주 달콤한 꿈까지 꾸었어요. 제가 왜 그랬죠?"

윤 국장과 나는 서로 마주 보며 헛웃음을 날렸다. 해장국 집으로 발길을 옮기는데 야수는 고개를 숙이고 아무 말도 없었다. 점심시간이 안 되어선지 토요일이라 그런지 해장국 집은 한산했다. 자리를 잡고 앉자 야수는 심각한 표정으로 남의 이야기를 하듯 입을 열었다.

"어젯밤에 내 안에 사는 악마와 혈투를 벌였나 봐요."

뜨악한 표정으로 윤 국장과 눈길을 주고받는데 뜬금없는 소리가 이어졌다.

"악마와 매번 다투는 것만도 아니에요. 악마는 늘 나를 약 올리며 분노를 유발시키지만 때로는 꽉 막힌 내 작품의 출구를 알려주기도 하죠."

악마의 정체가 부친의 망령이 아닐까 하는 의문이 생겼으나 물어보지 않았다.

"참. 힘들게 작품 쓰는구만?"

"평범해서는 먹히지 않잖아요?"

뜨거운 김이 모락모락 솟아오르는 해장국이 식탁 위에 놓이자 윤 국장이 숟갈을 들며 한마디 했다.

"거 작품이 안 되면 일부러 술 마시는 거 아냐? 악마 힘 빌리려고?"

"어? 이거 영업 비밀인데 어떻게 알았지? 함부로 발설하지 마요? 흐흐흐."

"마창석이 아니라 악마가 작품을 썼구만?"

얄미워서 한 마디 쏘아붙였으나 그는 야지랑스럽게 받

아넘겼다.

"그래서 야수 마창석 아닙니까? 으흐흐흐."

퇴소를 며칠 앞둔 날, 야수가 서울에 볼일 있다고 나갔는데 김 여사 승용차도 보이지 않았다. 밤늦게 돌아온 야수가 차 한 잔하자며 나를 휴게실로 불러냈다. 그의 신수가 훤해 보였다. 새로 양복을 사 입은 모양이었으나 나는 모른 체했다.

그는 가지고 온 캔 커피의 뚜껑을 따고 내 앞에 놓았다. 밤공기가 찼다. 두 손으로 캔을 잡자 따스한 기운이 몸속으로 흘러들었다. 그는 연신 벙글거렸다.

"무슨 좋은 일이 있는 모양이지?"

"선배님, 그간 말벗도 해주시고, 격려도 해주시고 큰 힘이 됐습니다."

여느 날과 달리 그의 목소리는 찰밥처럼 윤기가 있었다.

"왜 책이라도 출판하게 됐는가?"

"아뇨. 부지런히 쓸 계기를 찾았습니다."

"작업실이라도 마련한 모양이지?"

"역시 선배님은 쪽집게 도사시네요. 글을 쓰지 않으면 그게 어디 작갑니까? 전 죽어서도 작가로 남을 겁니다."

이튿날 동이 트기도 전에 고라니가 예전보다 심하게 울

었다. 나가보니 채마밭 울타리로 쳐놓은 그물에 걸린 고라니가 빠져나가려고 몸부림을 치고 있었다. 누군가 휴대폰 플래시를 비추자 녀석은 겁을 먹고 온몸으로 날뛰었다. 요동칠수록 그물은 더 녀석을 옭아맸다. 윤 국장이 잭나이프를 가지고 나와 다가서자 녀석은 힘이 빠졌는지, 포기를 한 건지 동작을 멈추고 거친 숨만 몰아쉬었다. 얽힌 그물을 끊어내는데 겁에 질린 녀석의 눈동자가 유난히 새까맣게 빛났다. 뒷발에 걸린 마지막 그물을 걷어냈을 때 녀석은 벌떡 일어서더니 절뚝거리면서 잠시 갈래다가 잽싸게 어둠 속으로 사라졌다.

젊은 작가들이 손을 맞잡고 웅숭그리는데 맨 먼저 달려나왔을 마창석이 보이지 않았다. 주차장에 있어야 할 김 여사의 차도 흔적 없이 사라졌다. 들어가 방을 확인하던 윤 국장이 혀를 차며 돌아왔다.

"이럴 수가? 말도 없이 두 분이 사라졌어요."

젊은 작가들의 뒷담화를 등 뒤로 들으며 방으로 들어와 자리에 다시 누웠으나 머리는 맑았다. 후원자를 만났으니 잘된 일이지.

간밤에 끝낸 소설집 교정지를 부치려고 시내 우체국 문이 열릴 시간에 맞춰 차를 끌고 나갔다. 조붓한 골목을 지나 큰길로 막 들어섰는데 눈앞에 끔찍한 모습이 펼쳐졌다. 로드킬로 내장이 드러난 동물의 사체가 길 한가운데 놓여 있었다. 고라니였다.

“왜 몰랐지? 나만 몰랐던 건가?”

“아무도 몰랐겠죠. 언론에 났어도 송 모씨가 마창석이란 사실을 누가 짐작이나 했겠어요?”

“윤 국장은 어떻게 알았어?”

“작년에 마창석과 함께 야반도주했던 그 여자분 있잖아요?”

“김 여사?”

윤 국장은 고개를 끄덕이며 말을 이었다.

“그분이 소설가로 등단했다고 1월 초에 여길 다녀갔어요.”

“김 여사는 시로 등단하지 않았나?”

“맞아요. 헌데, 문예지 중편 공모에 당선되었다고 책을 가지고 왔더라고요.”

음습한 예감이 불쑥 튀어나왔다.

“그 책, 아직 있나?”

“어디 있을 거예요.”

‘그물에 걸린 야수’란 제목의 당선작은 마창석이 하도 부탁하기에 마지못해 읽었던 작품이었다. 이야기를 풀어가는 기법과 문체, 특히 구어체의 생략과 비격식적 표현, 구수한 방언들이 작품 속에 그대로 살아있었다. ‘문학에 대한 열정으로 오랜 습작 과정을 통해 인간 내면의 심층부를 꿰뚫어 보는 역량있는 신인을 발굴했다'고 김화경을 칭찬하는 심사평이 실려 있었다.

밥도 굶으면서 썼으나 발표 못 한 작품이 수십 편 된다던 야수의 말이 떠올랐다. 그는 도덕적 결벽을 강요하는 사회에 시위하려는 의도였을까? 죽음만이 작품을 부활시킬 수 있는 출구라고 믿은 것일까? 아니면 악마와 타협하지 못한 우울증 때문일까? …… 그의 죽음에 대한 의문이 온종일 머릿속을 휘저어 놓아 아무 일도 할 수 없었다.

유리창을 뚫고 침범한 달빛이 너무 밝아서 잠이 오지 않는다. 나는 나뭇잎 사이로 길을 밝히는 달빛을 따라 산책길에 나섰다. 산새도 잠들었는지 숲속이 교교해서 발아래 밟혀 부스러지는 낙엽 소리가 야단스럽게 들린다. 산책길에서 자주 마주쳤던 고라니 소리도 들리지 않는다. 매일 오르내렸던 길인데 한참 쉬어서 그런가? 겨우 언덕을 올라왔을 뿐인데도 종아리가 당기며 숨이 턱에 걸린다. 야수와 대화를 나눴던 벤치에 앉았다. 숨을 고르고 눈을 감으니 계곡 아래에서 누군가의 목소리가 들리는 것 같다.

"한 선생님, 잘 계시죠? 야수, 아직 살아있습니다."

일어나 절벽 아래를 살피는데, 개울 옆 이운 잡풀 사이로 유난히 달빛에 빛나는 물체가 보인다. 자세히 보니 작년 바람에 날아간 감귤색 모자다. 눈시울이 떨리면서 마음이 짠해진다. 돌돌돌 물 구르는 소리가 야수의 죽음을 조상하는 염불 소리처럼 들린다.

『한국소설』 264호(2021년 7월) 수록

ㅇ ㅜ ㅇ ㅕ ㅇ ㅍ ㅏ ㅅ

우영팟

‘주민 여러분. 청년회장 이철진이우다. 오늘은 도청 앞으로 가는 거 알암지 양. 8시까지 경로당 앞으로 모입서. 8시우다.’

마을회관 지붕 위에 달린 스피커 소리에 눈을 뜨니 휴대폰 시계는 어김없이 7시를 알리고 있었다.

구불구불 정겹던 마을 길이 4차선 직선도로로 확장된다는 소문이 현실로 드러나자 조용하던 동네가 불난 호떡집처럼 발칵 뒤집혔다. 조상 대대로 살아온 생활 터전을 잃게 될 처지에 놓인 마을 주민들의 걱정과 원망의 소리는 때와 장소를 가리지 않고 이어졌다. 신작로에 맞닿아 있는 우영팟 일부가 도로 확장 구역에 편입되었다는 사실을 확인하고부터 할머니도 밤잠을 못 이루었다.

마당에서 인기척이 들렸다. 벌떡 일어나 방문을 열었더니 바람에 실려 서성이던 비릿한 갯내음이 할머니보다 먼저 달려들었다. 눈이 마주친 할머닌 긴장한 모습을 감추려고 어색한 웃음을 만들었다.

"일어났니? 잠깐만 기다려라. 내 얼른 밥 차려 줄게."

"할머니도 가시게요?"

"암. 가야지. 무슨 수를 써서라도 우영팟 낭들은 살려야지."

실낱 같은 희망에 기대가 큰 듯 부엌으로 들어가는 할머니의 발걸음이 가벼웠다.

할머니네 집은 원래 전통 양식의 초가였는데 내가 집필실로 쓰기 위해 작년에 내부를 현대식으로 개조했다. 내 방은 아버지가 살던 곳이다. 원래는 숙부와 고모가 살던 바깥채도 있었는데 두 분이 사고로 돌아가시자 마가 씌었다고 헐어버려서 우영팟이 넓어졌다. 우영팟은 무릎 높이의 야트막한 돌담을 쌓아 마당과 구분 지었다. 도로와 옆집을 경계 지은 울담 구석에는 수령 기백 년은 됨직한 아름드리 팽나무가 길 밖으로까지 가지를 뻗어 위용을 뽐낸다. 도로변 돌담을 따라 왕벚나무와 동백나무 각 두 그루가 팽나무의 훈시를 듣는 듯 줄지어 서 있고, 나무들 한발 앞에는 몇 그루의 과일나무들이 나란히 서 있어 도로의 소음을 줄이는 완충작용도 했다. 할머니는 돌담 가장자리 곳곳에 수선화를 심었고 나무와 마당 사이 텃밭에는 식탁에 올릴 각종 채소를 가꾸었다.

창문을 통하여 우영팟을 바라보노라면 할머니는 잡풀을 매는 것이 아니라 인생사의 고뇌를 솎아낸다는 생각이 든다. 일하다가 지치면 넓게 그늘을 드리운 퐁나무 아래에서 쉬다가 물때가 되면 툇기둥에 걸어둔 물옷과 테왁 바구니를 들고 바다로 나간다.

일이 없을 때 난 할머니 집에 와서 쉬며 글을 쓴다. 수주받은 방송 다큐의 편집을 마치고 할머니 집으로 왔을 때 내 기력은 바닥이 난 상태였다. 꼬박 이틀을 자리에 눕다 일어나 마주한 할머니의 머리에는 누르스름한 광목 끈이 질끈 동여매져 있었다. 할머니는 연일 시위에 참가했다. 목도 쉬고 피곤한 모습이 역력했지만 돌아와선 나를 붙들고 시위 상황을 열심히 설명하는데 켜켜이 쌓이는 불안의 그림자를 털어내려는 모습이 안타까웠다. 어느 날 저녁 밥상을 마주하고 앉았는데 할머니는 밥알을 목으로 넘기지 못했다. 물김치 국물 두 숟갈을 겨우 목으로 넘겼는데 욕지기를 해댔다. 속이 많이 상한 모양이었다. 며칠 사이 할머니의 얼굴 검버섯은 짙어졌고 주름은 더 깊어진 듯했다.

"할머니. 저하고 내일 병원에 가요. 이러다 큰일 나겠어요."

"이게 병원 가서 나을 병이 아니다. 큥. 차라리 공사가 시작되기 전에 죽어버렸으면 좋겠다만. 큥, 무슨 낯짝 들고 느 하르방 만나느니?"

쉰 목소리로 킁킁거리며 말을 마친 할머니는 미간을 찡그리더니 눈시울 사이로 기어이 구슬 같은 눈물을 떨구었다. 강철 같던 할머니에게서 눈물을 보게 되니 마음이 짠해지며 명치께가 아렸다. 할머니는 금세 자글자글 주름이 진 손등으로 눈가를 훔치고 내 눈치를 살폈다.

"허참. 내가 주책이지. 서방, 자식들 죽어서도 눈물 한 방울 안 흘렸는데……."

"할머니, 기가 허해서 그래요. 병원 가서 링거라도 맞아요. 건강해야 투쟁도 하죠."

다음 날, 할머니를 모시고 시내 병원으로 갔다. 성대가 부었고 식도에 염증이 있으나 다행히 약물치료로 가능하다고 해서 영양제 링거를 맞고 커다란 봉지에 약만 가득 받고 돌아왔다.

창밖이 어스름 밝아올 때까지 미드 시리즈물을 보다가 잠들었는데 마당에서 실랑이하는 소리에 잠이 깼다. 목소리는 한 사람이 아니었다. 창문을 빼꼼하게 열고 보니 동의서에 도장 받으러 다니는 개발위원장과 마을 청년회장이었다. 이모할머니 아들인 이철진 삼촌은 청년회장이라 했지만 쉰 살이 넘은 중년이다.

"삼춘. 도장을 안 찍어도 어차피 공사는 하게 되어 있수

다."

"이모님, 절대 안 됩니다. 양?"

"넌 왜 따라다니면서 훼방 놓는 거야?"

"위원장님. 귓고냥 막아수가? 원칙대로 해야 한다고 몇 천 번 말헙디가?"

"원칙이라는 게 어디 있어? 나라에서 하는 일. 사정에 따라 변경될 수도 있는 거지. 청년회장이라는 놈이 왜 마을 발전에 어깃장을 놓느냐구?"

"허참. 원래 계획상으로는 이쪽이 아니라 도로 위쪽으로 선 그어진 것 아니우꽈? 그걸 양 의원이 압력 넣어서 선을 바꾼 거 다 들통나지 안 해수가?"

"허어 나 이거 원. 양 의원은 간여한 바 없다고 했잖아?"

"오리발 내민다고 그냥 넘어갈 일 아니우다. 자기네 땅 살리자고 애먼 사람들 사는 집 부숴버린단 말이우꽈? 그 양 의원 새끼가 도둑놈입주. 아니면 시민단체에서 무사 고발하고 나섭니까?"

그 말에 할머니가 힘을 얻은 듯 완강하게 나섰다.

"나 저기 드러누울 꺼난 날 파묻고 공살 하던지 굿을 하던지 마음대로 허라."

말을 마친 할머니가 우영팟으로 걸어 들어가자 언쟁은 끝났다.

바닷가 인적 드문 곳에 내가 명명한 '명상의 오후'란 바위가 있다. 거기에 앉아 수평선 바라보며 멍때리노라면 신기하게도 막혔던 글 길이 저절로 뚫린다. 바다에 가려고 챙이 넓은 모자를 쓰고 툇마루에 섰는데, 우영팟 꽃이 진 자리에 피어난 온갖 싱그러운 초록이 내 눈을 유혹했다. 연두, 연초록, 청록, 상록, 쑥색 등 그렇게 초록이 다양한 것을 처음 봤다. 하루가 달리 푸릇하게 자라는 채소들 사이에 흙 속에서 솟아난 바위처럼 꿈쩍 않는 할머니도 보였다. 내가 선물한 햇볕 가리게 모자 대신 갈천 머릿수건을 쓴 것으로 봐서 단단히 삐진 것이 분명했다. 늦은 아침을 먹고 부엌에서 나오는데 물질 갔다 들어오는 할머니와 마주쳤다. 내 딴에는 위로한답시고 건넨 말이 할머니의 심기를 건드렸다.

"할머니, 우영팟 오히려 잘 된 거 아니에요? 도로로 편입된 부분에 대해선 보상을 받을 것이고, 그 보상금으로 큰 도로변에 슈퍼나 커피숍 용도의 현대식 건물을 지으면 세를 놓고 여생을 편안히 살 수 있잖아요?"

"아이고, 이 철딱서니 없는 것아. 저 나무가 어떤 낭인 줄 알안 그런 소리가?"

역정을 낸 할머니는 눈을 흘기며 방으로 들어가더니 문을 소리 나게 닫았다. 난 영문을 몰랐지만, 앞뒤로 꽉 막힌 아버지가 떠올라 쓴웃음을 지었다.

나는 할머니의 넓적한 등을 슬쩍 바라보고는 올레로 나가려던 발걸음을 우영팟으로 돌리며 너스레를 떨었다.

"아휴. 온통 초록 세상이네요. 할머니도 동화 속 주인공 같아요."

대나무 차롱에 솎아낸 상추를 담던 할머니가 고개를 돌려 나를 쳐다봤다.

"어디 가?"

"아녀요. 그냥 바람 쐬러 나왔어요."

"그래? 나도 좀 쉬어야겠다. 저리로 가자."

할머니는 끙 소리를 내며 일어섰다, 허리를 곧게 펴며 긴 한숨을 내쉰 할머니는 두어 번 허리께를 두들기더니 고랑을 따라 퐁나무 아래로 걸어갔다. 위엄을 부리며 당당하게 서 있는 퐁나무 가지에도 파릇한 새잎들이 새록새록 돋아나 제법 그늘을 만들었다. 생전에 할아버지가 통나무를 쪼개어 손수 만들었다는 기다란 의자 모퉁이에 할머니가 앉았다. 나도 그 옆에 가만히 앉아 하늘로 시선을 돌리며 딴청을 부렸다.

"참. 하늘이 어쩌면 저렇게 파랄까요?"

할머니는 아랑곳없이 당신의 이야기를 했다.

"내가 야단친 거 너무 섭섭하게 생각 마라. 그래 모르니까 하는 소리지. 알고서는 그런 소리 못한다."

"할머니. 죄송해요."

"천국이 따로 있냐? 꽃들이 필 때를 봤어야지. 벚나무 가지에 물이 오르며 반짝반짝 빛나기 시작하면 내 마음도 설레지. 벚꽃 봉우리가 터지면 매화가 울긋불긋, 이에 질세라 복사꽃과 배꽃이 다투어 피면 모든 시름이 싹 사라진다. 이렇게 봄이 되면 꽃들과 노는 재미로 사는데. 세상에 이걸 팔아넘기라고?"

"제가 아직 많이 부족해요."

"저 나무가 느 아버지 나무다."

할머니는 마디 굵은 손을 들어 줄지어 서 있는 맨 앞 왕벚나무를 가리켰다. 나무들은 풍파를 견딘 만큼의 굵기와 크기의 순서로 나란히 서 있다.

명절이나 제사 때면 부모님의 손을 잡고 시골 할머니집에 왔었는데, 제상 위에 놓인 학생 영정에 유독 눈이 갔었다. 숙부님이 군대 가서 사고를 당해 돌아가셨다는 것은 중학생이 되어서야 알았다. 남편과 자식 둘을 먼저 보내고 말벗도 없이 혼자 사시는 할머니는 얼마나 사람이 그리웠을까?

"우영팟에 있으면 시간 가는 줄 모른다. 가족이 모두 모여 있으니 편안도 하고. 초여름에는 귤꽃이 피고 가을이 되면 과실들이 익어갔지. 찬 바람 불면 나뭇잎이 다 떨어져서 쓸쓸해서 안 되겠다 싶어 손자들이 태어날 때 동백을 구해다 심었다."

"들은 기억이 나요. 저 아래가 숙부님, 동백나무가 내 동생들 나무라고."

"그래. 맞다. 남자가 태어나면 꽃나무를 심었고, 여자가 생기면 과실나무를 심었지. 자손 번창하라고."

"알아요. 맨 앞 배나무는 할머니 나무고, 그 아래 복숭아는 고모, 매화는 우리 엄마 그리고 동백 앞에 귤나무는 내 나무. 맞죠?"

"그래. 흙은 배신을 안 한다. 어디서 그런 힘을 감추었다가 온갖 꽃들을 피우고 열매들을 만들어내는지? 땅이 이승이고 하늘이 저승이라면 나무는 저승과 이승을 이어주는 사다리야. 저승 영혼들은 오래된 나무를 타고 제사 먹으러 내려오거든."

할머니는 상체를 비틀어 우람하게 가지를 펼친 팽나무를 보았다.

"이 나무의 내력도 아니?"

"아뇨. 어릴 때 그네를 타고 놀았던 기억은 나요."

우영팟은 어린 시절 우리에겐 놀이터였다. 개구쟁이 동생 우현은 나뭇가지 위로 올라가 놀다가 떨어져 팔이 부러지기도 했다.

"이 낭은 우리 집안 보물이다. 내가 시집오기 전부터 있었지. 그땐 힘 좋은 장사처럼 가지도 튼실하고 우람했다."

"지금도 위엄이 느껴져요."

"할아버지의 할아버지, 그러니까 너에게는……."

촌수를 헤아리느라 할머니는 잠시 말을 멈추었다.

"저한테 고조부님 되겠네요. 할아버지의 할아버지니까?"

"그려. 이 나무는 할아버님께서 이 터를 마련한 기념으로 심었다고 한다. 그 이래로 우리 집안의 좋은 일, 궂은 일을 다 지켜보았지."

할머니의 말을 듣고 다시 쳐다보니 팽나무가 자체 발광하는 것처럼 눈이 부셨다.

"그리고 느 하르방 혼백이 살아있는 나무야."

"혼백이요?"

"하르방이 이 나무 아래 묻혔어."

그 옛날에도 수목장이 있었구나 생각하는데 갑자기 한기가 몸을 감쌌다.

"지현아. 너 아버지와 사이가 안 좋지?"

"어떻게 알았어요? 엄마가 말했어요?"

"아버지 급한 성격 맞추기 힘들다는 거 다 안다. 정욱인 맏이라 하르방이 엄하게 키워서 늘 꾸중만 듣고 자랐지. 하르방 의중 모르는 느 아방은 그게 힘들었던 거야. 나이가 들수록 분노하며 반항이 심했지. 오죽하면 지 아방 죽었을 때도 안 나타났을까?"

"할아버지가 돌아가셨는데도요?"

할머니는 아픈 기억을 더듬는 듯 먼 하늘로 시선을 돌렸다.

"군대에서 훈련 나가서 소식을 늦게 들었단다. 장례 다 끝난 다음에야 왔지만 난 그 애 마음 다 알아. 하르방 죽은 것보다 정욱이 나타나지 않은 것이 더 가슴이 미어지더라. 그때 쓸개 반은 녹아 없어졌을 거야."

아직도 삭이지 못한 애통을 느끼는지 할머니의 눈가가 촉촉했다.

"그래도 제대 후에는 가장 노릇 하며 마음을 잡는가 했더니, 정숙이가 죽는 바람에 집을 영영 떠나고 말았지."

"고모하고 무슨 일 있었던 거예요?"

"정숙이는 얼굴도 예뻤고 공부도 잘했어. 헌데, 그 선생 놈이 나쁜 놈이지. 좋아서 따라다니는 애에게 몹쓸 짓을 한 거야. 느 아방 불 같은 성격에 가만 있었겠니? 위로는 못 하고 병신 같다며 동생을 두들겨 팼지. 정숙이는 그 치욕을 이겨내지 못하고…… 농약을 먹었다. 에그, 가족이 뭔지?"

순간 소름이 돋고 등골이 오싹해지며 기시감을 느꼈다.

"아버지가……?"

"정욱이는 그 선생에게 칼부림을 하고는 육지로 숨어버렸다."

아버지의 화난 모습이 훤히 보였다. 아버지는 내 남자

친구 영한 씨를 아주 싫어했다. 싫어할 정도가 아니라 구박하고 학대했다. 영한 씨는 장애인 봉사단체에서 만난 능력 있는 사진가였다. 아버지는 사고로 다쳐 발을 저는 영한 씨에게 모욕적인 언사와 폭행을 했고, 영한 씨는 결국 스스로 목숨을 포기했다. 난 방황을 거듭하다 할머니 집을 둥지로 삼고서야 일상을 되찾았다.

할머니와 아버지의 사이도 원만하지 않았다. 고등학교 다닐 때 할머니가 서울 우리 집에 온 적이 있었다. 명절과 할아버지 제사를 우리 집에서 모시기로 해서 할머니가 비행기를 타고 처음 올라오셨다. 그때 할머니는 직접 채취한 각종 해산물과 우영팟에서 딴 과일들을 가지고 오셨는데 아버지가 유독 복숭아를 내던지며 벌컥 화를 냈다. 그 일 이후로 할머니는 명절에도 우리 집에 오시지 않았다.

"올해도 복숭아 열매가 많이 달렸네요? 알도 굵고 참 맛있었는데."

"아버지가 싫어하니 보내지도 못하고 나만 실컷 먹는다."

"참. 배는 안 열리나요?"

"배? 할아버지가 살아있을 때까진 참 실하게 잘 달렸지, 그 후론 점점 작아지더니 쪼매 해져서 먹을 게 없다. 나무도 나이가 들면 생산 능력이 떨어지는데 몸이 건강할 때 아기도 낳고 그래야 하는 거야."

"할머니. 전 혼자 살 거예요. 그래도 귤나무엔 꽃이 많이 피잖아요?"

"지현아, 부탁 하나 하자. 요 다음에 내가 죽으면 말이다. 저 배나무 아래 묻어다오."

말을 해놓고 할머니는 머릿수건을 풀어 코를 팽하고 풀었다.

할머니가 물질을 간 사이에 녹십자가 그려진 흰 작업모와 노란 작업복을 입은 두 사람이 찾아왔다. 그들은 우영팟으로 들어가더니 측량을 하고는 밭 가운데 빨간 헝겊이 달린 막대를 꼽고 갔다. 도로에 편입될 곳을 표시해 놓은 것인데 이대로면 가족 나무가 모두 사라질 판이었다. 물질 마치고 돌아온 할머니는 그것을 보고 나한테 화를 냈다.

"아니, 도둑놈이 들어왔는데도 보고만 있었단 말이냐?"

"공무집행을 방해하면 잡혀가요."

"날 잡아가라고 해라. 내 땅은 한 뼘도 어림없다."

할머니는 밭으로 들어가더니 박아놓은 표지 막대를 뽑아 돌담 너머로 던져버렸다.

그날 밤은 유난히 유리창을 뚫고 쏟아지는 달빛에 마음을 빼앗겼다. 잠이 오지 않아 바닷가 산책이나 하려고 방문을 열었는데, 할머니 방에 불빛은 새어 나오는데 인기척이 없었다. 노크를 해도 대답이 없어 문을 열어보니 침구

위엔 싸늘한 정적만이 살포시 내려앉아 있었다. 할머니도 잠이 오지 않아 바다로 갔을까?

둥근 달은 마당을 대낮처럼 밝히고 있었다. 대문 밖으로 향하는데 까마귀 소리가 들렸다. 한밤중에 웬 까마귀 소리? 기이하게 생각하며 소리의 방향을 찾으니 팽나무 쪽이었다. 그런데 팽나무 기둥이 평시에 보던 모습이 아니었다. 낯선 연인들이 나무에 기대어 서로 껴안고 있었다. 남의 집에 들어와서 이거 무슨 짓이지? 다가가기도, 소리치기도 그래서 잠시 마당 경계석 앞에서 망설였다. 그런데 자세히 보니 기둥을 껴안고 얼굴을 나무에 기대고 있는 것은 할머니였다. 달빛에 나무 그림자가 어른거리며 만들어낸 착시였다. 무른 밭고랑 사이에 난 할머니의 발자국을 밟으며 팽나무에 접근하자 까마귀가 날카로운 울음을 토하더니 하늘을 찢으며 달을 향해 날아갔다.

할머니가 입은 흰 저고리와 광목 치마가 달빛을 받아 신비로운 빛을 반사했다. 나무를 부둥켜안은 할머니의 모습이 외경스러워서 난 더 다가가지도 못하고 배나무 옆에 우두망찰 서서 기다렸다. 잠시 후, 나무에서 떨어져나온 할머니는 한 발짝 물러서서 합장하고 여러 번 절을 했다. 손등으로 눈 주변을 닦고 돌아서는 할머니의 얼굴에 수심이 가득했다.

"할머니."

갑작스런 나의 출현에 놀란 듯 할머니는 발길을 옮기려다 몸을 기우뚱거렸다.

"지현이에요."

"휴. 난 또. 안 잤어?"

"보름달이 너무 밝아서 잠이 와야 말이지요."

"큰일이다. 큰일. 에휴."

할머니는 맥이 풀린 듯 의자에 털썩 주저앉으며 한숨을 길게 내쉬었다.

"무슨 일인데요?"

"하르방을 만났다. 안 좋은 일이 생길 징조야. 작은놈, 딸년 죽을 때도 나무가 그렇게 울더니만. 오늘은 대성통곡을 하더라."

충격이 너무 커서 할머니 정신에 이상이 생겼다고 생각했다.

"할머니, 날씨가 차요. 어서 들어가요."

"헛소리가 아니다. 정욱이가 오면 무슨 수가 생기겠지?"

"아버지가 오셔요?"

"지현아. 넌 아버지가 무섭지? 자식은 다 그런 거여. 느 아버지도 내 말이라면 꼼짝 못 한다."

아들의 출현에 대한 기대 때문이었을까? 할머니는 몸을 부르르 떨었다. 그때는 할머니가 한 말의 의미를 몰랐다.

내가 아버지에 대해서 느끼는 감정은 증오와 분노뿐이었으므로. 그러나 지금 와서 생각해 보면 그날 할머니는 저승과 통신하면서 가족의 미래에 대한 불길한 소리를 들었음이 분명하다.

서울에서 심정욱 씨가 왔다. 인쇄업을 하는 그는 사정이 어려워지면서 사업이 부도 위기에 몰렸다. 이종사촌인 사무직원 한 명만 남기고 직원들을 해고했으나 퇴직금은커녕 밀린 월급도 해결하지 못했다. 냉정하게 판단하면 그의 사업 실패는 고루한 사고 방식과 융통성 없는 인간관계로 인한 당연한 귀결이었다.

마주 앉고 싶지 않아서 방안에 노트북을 켜놓고 앉았으나 신경은 온통 살짝 열어 놓은 문틈으로 들리는 마루의 대화에 쏠렸다.

"어머니도 소문 들어 아시겠지만, 아주 죽을 지경이우다. 이번 참에 집을 나한테 증여해 주면 안 되쿠과?"

"이거 팔면 난 어떵 헐 말고?"

"어머니 돌아가시기 전엔 집은 절대 안 건드리쿠다."

"그럼. 우영팟을 팔겠단 말이냐?"

"보상금 받으면 당장 급한 불은 끌 수 잇수다. 어머니."

"우영팟이 나 낙원인데. 그거 어시민 난 죽은 몸이나 마찬가지다. 경허고 거기 낭들은 어떵 허느니?"

"어머니 원하는 대로 허쿠다."

자식들과 엄마에게는 독재자처럼 굴면서도 할머니에게 쩔쩔매는 모습이 어처구니없어서 헛웃음이 나왔다. 할머니의 말이 맞았다. 핏줄의 질서는 위대하다는 생각이 들었다.

"정 돈이 필요하면 도장은 찍어 주마. 대신 낭들은 안쪽으로 옮긴다고 약속해라."

그때 퍼뜩 거목을 찾아다니며 다큐를 찍을 때 얻어들은 말이 떠올랐다. 난 속으로 유레카를 외치며 방문을 열고 나갔다.

"할머니, 팽나무가 보호수로 지정되면 아무도 건드릴 수 없어요."

영문을 모른 할머니가 멀뚱한 표정으로 나를 쳐다봤다.

"지현아, 그거 무슨 말이고? 보호수?"

"오래된 나무는 천연기념물이나 지방문화재로 보호될 수 있어요. 할머니."

예상치도 못한 내 발언에 아버지의 얼굴이 일그러졌다.

"넌 글이나 쓰지 왜 튀어나와서 어른들 하는 일에 참견이냐?"

"저도 이 집안 핏줄이니 당연히 의사 표현할 권리는 있잖아요?"

"임마. 까불지 말고 네 앞가림이나 잘해."

세상은 빛의 속도로 변하는데도 심정욱 씨 사고는 아날로그 그대로다. 자식들의 인생마저도 통제할 수 있다는 그 알량한 고집이 미련스럽기도 했지만, 대꾸하면 언쟁이 시작될까 봐 목까지 올라오는 분기를 침을 삼키며 눌렀다.

노을이 하늘을 아름답게 수놓을 무렵에 아버지는 약주를 드셨는지 불그레한 얼굴로 사람을 데리고 왔다. 할머니에게는 식물학자라고 소개했으나 나는 나무에 대해 조금 아는 척하는 업자라는 것을 그의 말투에서 알았다. 그는 나무 주변을 돌며 자세히 살피더니 팽나무 앞에서 진단을 내렸다.

"이렇게 큰 나무는 집 안에 심지 않는 법이우다. 오래된 나무라 옮기더라도 산다고 보장 못 하고요. 등치가 워낙 커서 공사비도 만만치 않겠습니다. 저 벚나무들은 이식하는 것보다 새로 심는 편이 훨씬 비용이 적게 먹힐 거구요."

업자는 아버지와 입을 맞추고 온 것이 분명했다. 할머니는 업자의 이야기를 들으며 몸을 바들바들 떨었다. 난 할머니 손을 가만히 잡으며 말했다.

"이 나무 보호수로 지정해 달라고 민원 넣었어요."

"아, 천연기념물요? 이런 팽나무는 흔해요. 수령도 많지 않고……."

"어머니, 그거 지정하려면 절차도 복잡하고 오래 걸린

대요.”

할머니는 내 손을 놓고 아버지를 빤히 쳐다보며 단호하게 나섰다.

“그거 심판 나기까진 어림없다.”

“허 참. 이까짓 게 뭐라고?”

혼잣소리로 툭 던진 말이 할머니의 귀에는 천둥소리처럼 들렸을까? 할머니가 발끈했다.

“너 그게 무슨 말이고? 이까짓 거? 넌 조상도 가족도 필요 없는 놈이냐?”

“어머니, 그런 말이 아니고…….”

“그게 느 아방 무덤인데. 네가 필요 없다면 나도 너 필요 없다.”

할머니가 돌아서자 아버지가 팔을 붙잡고 매달렸다.

“내 말을 끝까지 들어봅서. 어머니.”

“더 들을 말이 뭐 있어?”

할머니는 아버지의 손을 뿌리치고 우영팟 밖으로 뒤뚱거리며 걸어 나갔다.

예전에 서울에서 같이 영상작업 했던 PD가 제주 방송국에 전출을 왔다고 해서 점심을 함께 먹기로 했다. 필요한 물건도 살 겸 조금 일찍 집을 나섰다. 화창한 날씨 탓이기도 하지만 오랜만에 시내 중심가에서 젊은 사람들을 보니 도시의 활력이 느껴졌다. 수다를 떨며 차도 마시고 괜찮다고 소문난 영화도 보며 영일의 여유로움을 만끽했다. 영화의 마지막 장면이 가슴에 남아서 콧노래를 흥얼거리며 이문간 안으로 들어섰는데 팽나무 주변에 서너 사람들이 모여 웅성거리고 있었다. 평소 인사하고 지내던 이웃 아주머니들과 청년회장 삼촌도 보였다. 눈이 마주친 삼촌이 손짓으로 나를 불렀다. 우영팟으로 들어서는데 사람들이 내 시선을 피했다.

"서 작가. 이거 큰일 났네. 어떤 놈이 글쎄……."

삼촌은 팽나무로 고개를 돌리며 말을 이었다.

"나무에 구멍을 뚫고 농약을 집어넣었지 뭐야."

팽나무에는 돌아가면서 다섯 개의 구멍이 나 있었다. 크기가 일정하게 뚫린 구멍마다 노란 농약이 흘러내리다가 마른 흔적이 보였다. 어제까지도 활기 넘치던 나뭇잎이었는데 약 기운이 닿은 듯 축 처진 모습이 처량했다. 참으로 인간의 비정함이라니? 기가 막혀 말은 안 나오고 눈물과 콧물이 한꺼번에 주르륵 흘러내렸다.

"아이고, 지현아, 네 할머니가 죽게 생겼다."

울담을 이웃한 춘심이 어머니가 울상을 지으며 걱정했다. 그제야 손수건을 꺼내 얼굴을 닦으며 주변을 살펴보니 할머니가 보이지 않았다.

"우리 할머니는요?"

"좀 전에 앰뷸런스 타고 우리 어머니랑 병원 갔어. 서 작가, 이것 보라고. 내가 마을 클린하우스에서 찾아낸 거야."

삼촌은 나무 아래 뒹굴고 있는 농약병과 굳은 액체가 덕지덕지 묻은 기다란 대롱이 달린 통을 발로 툭툭 건드렸다. 확인하려고 허리를 숙였더니 매캐한 농약 냄새가 코를 찔렀다.

"아이고 이 일을 어떵허코. 신령스러운 낭인데……."

"어떤 놈인지. 천벌을 받을 거야."

"이런 짓 할 놈은 뻔하지. 개발위원 놈들 짓이야."

둘러섰던 사람들이 나를 위로하려는 듯 공분을 드러냈다. 순간 번개처럼 머리를 때리는 게 있었다.

"삼촌. 혹시 클린하우스에 CCTV 같은 것 없어요?"

삼촌은 눈을 휘둥그레 뜨면서 손으로 제 볼기짝을 두드렸다.

"맞다. 왜 그 생각을 못 했을까?"

그때 제복을 입은 젊은 경찰 두 명이 집 안으로 들어왔다.

의사가 만류하는데도 할머니는 겨우 하룻밤을 응급실에서 지내고 집으로 돌아왔다. 아버지가 보상금을 받아 갔다는 사실을 개발위원장이 확인해 주었다. 할머니는 구멍난

나무 둘레를 헝겊으로 감고 분사기로 물을 뿌리며 넋두리처럼 살려달라는 주문을 외웠다. 할머니의 간절한 기도에도 팽나무 잎은 속절없이 노랗게 말라갔다.

주민들의 외침도 아랑곳없이 도로 확장 공사는 윗마을을 거쳐 우리 동네 어귀까지 왔다. 권력의 힘을 과시하듯 거침없이 부수는 포클레인 소리가 가슴을 쿵쿵 쪼아댔다. 괴물 같은 기계의 캐터필러에 짓밟히는 나무토막처럼 어찌지도 못하고 주민들의 마음도 그렇게 바수어져 갔다. 약속한 가족 나무가 이전되지 않아서 공사장 소음이 가까워질수록 할머니의 마음은 조급해졌다. 떼꾼한 눈망울과 허물이 터져 진물이 흐르는 입가와 시꺼멓게 타서 주름살이 도드라진 할머니의 몰골은 바라보기 민망할 정도였다.

"지현아. 아버지한테 전화 좀 해 봐라. 팽나무가 죽어가는 것을 알면 당장이라도 달려올 텐데, 통 전화를 받지 않는다."

습습한 바람이 옷 속을 파고들었으나 마음은 갑갑했다. 파도가 잔잔하게 밀려와 바위에 부딪는 것을 보면서 통화를 세 번이나 시도했으나 연결이 안 되었다. 경찰과 함께 CCTV에 찍힌 사람을 찾고 보니 일전에 할머니 집에 왔던 묘목상 업자였다. 팽나무를 고사하게 만든 사람이 아버지라는 것을 알게 되면서 증오의 감정은 콘크리트처럼 굳어져버렸다. 할머니가 알면 다시 쓰러져 영영 일어날 수 없을 거라는 생각에 혼자 속앓이를 했다. 뭉툭한 바위에서 썰물이 시작된 것을 확인할 때쯤 아버지가 전화를 걸어왔다. 나는 대뜸 대들었다.

"어쩜 그럴 수가 있어요? 아버지가 시켰다는 걸 묘목상 업자가 다 고백했어요."

"지현아. 그 나무는 귀신 씌운 나무야. 우리 집안 파멸시킨 나무라고. 생각해 봐라. 네 할아버지 병으로 일찍 갔지. 숙부, 고모까지 제 명에 간 사람이 누구 있냐?"

"할머니는 장수하시잖아요?"

"할머닌 성이 다르잖니? 넌 내가 일찍 죽었으면 좋겠니?"

"그 나무는 할머니의 종교에요. 매일 새벽, 나무 앞에서 우리 식구의 안녕을 위해서 기도하는 걸 알기나 해요? 그런데 어떻게……."

참으려 했던 눈물이 흐르면서 목이 메어 말을 잇지 못했다.

"나무에 의미를 두지 마라. 어쩔 수 없는 선택이었다."

"나무들은 이전한다고 약속했잖아요?"

"너도 들었잖니? 비용이 너무 많이 든다고. 미안하지만 나 돈 없다."

"보상비 몇 푼 때문에 조상 나무를……."

"난 지금 한 푼이 아쉽다. 할머니는 모르지? 부탁이다. 말하지 마라."

"왜 말하지 말아요? 집안을 상징하는 나무를 어떻게……."

악다구니를 쓰려는데 아버지는 일방적으로 전화를 끊었다.

할머니는 기다림이 무망하다는 걸 아셨는지 끼니도 거르면서 작은 동백나무 주변부터 곡괭이 질을 했다. 노트북 자판을 두들기던 나는 낑낑대는 할머니의 소리에 신경이 곤두섰으나 원고 마감 때문에 모른척했다. 할머니는 사방이 어둑해질 때까지 온종일을 매달려 겨우 동백나무 한 그루를 옮겨 심었다. 이튿날 아침 일찍 몸빼를 입고 팔을 걷어붙이고 나섰지만 땅을 파는 일이 그리 쉬운 일이 아니었다. 할머니가 가르쳐 주는 대로 삽의 어깨를 발로 힘껏 눌러 밟았으나 삽날은 얼마 들어가지도 않고 내 몸만 휘청거렸다.

"그렇게 힘으로 되는 게 아냐. 살살 달래면서 밀어야지. 이렇게."

할머니는 힘을 들이지 않고도 한 삽 가득 흙을 떠냈다. 자잘한 돌이 많은 나무 주변을 파서 뿌리가 부러지지 않게 조심스럽게 들어 올리고, 비료 비닐 포대기를 깔아서 끌어서 옮기고, 다시 구덩이를 파서 심는 일은 감당하기 힘들었다. 그러는 사이에 핑계처럼 촬영 일정이 잡혔다는 전화가 왔다. 마음이 급해져서 청년회장 삼촌에게 도움을 청하여 동백, 매화, 귤나무까지 옮겨 심었다. 할머니는 우선은 그 정도면 되었다며 나의 상경을 재촉했다.

촬영하는 도중에 전국에 한파주의보가 내렸다. 5월 초입인데 강원도에 눈이 내렸다는 소식을 들으며 촬영은 서둘러 마무리했다. 제작진들은 식당에 모여앉아 환경문제를 화두로 소주를 마시면서 추위를 달랬다. 추운 날씨를 대비하지 못해 얇은 복장 그대로 이불 뒤집어쓰고 웅숭그리고 자는데 꿈속에 할머니가 나타났다. 할머니는 온화하게 웃으면서 "너는 가족 나무 지켜 줄 거지?" 하고 물었다. "아버진 다른 생각일 걸요?" "내가 단단히 부탁해 놓을 테니 그건 걱정마라." "저야 좋죠. 우영팟도 가꾸면서 그럴게요." 껴안은 할머니의 품이 따뜻하다고 느끼는데 휴대폰 울리는 소리가 들렸다. 창밖이 어슴푸레 밝아오고 있었다. 꼭두새벽에 전화라니? 불길한 예감에 얼른 휴대폰을 열었다. 삼촌이었다.

"서 작가. 이모가…… 간밤에 돌아가셨어."

그 추운 날씨에 할머니는 팽나무를 감싸 안은 채 할아버지 곁으로 갔다고 했다. 머릿속이 어지러워지며 눈앞이 하얘졌다.

시내 장례식장은 한산했다. 이모할머니와 눈에 익은 마을 어르신들 모습이 보였다. 삼촌은 식사 중인 조문객들을 찾아다니며 상복 입은 엄마를 소개시키고 있었고, 동생들은 상장을 두른 검정색 양복을 입고 상주석에 의젓하게 앉아 있었다. 영정 속에서 할머니는 편안하게 웃고 계셨지만 난 차마 눈을 마주할 수 없었다. 제단을 향해 비석처럼 앉아 고개를 떨군 아버지 뒤통수에 시선이 닿자 분노가 부글부글 끓어올랐다. '도대체 몇 사람을 죽여야 만족하시겠어요?'라는 소리가 목을 타고 올라왔지만 끝내 말이 되지 못하고 속울음에 녹아버렸다. 아버지는 문상객들이 위로의 말을 건네도 돌부처처럼 감정이 투색된 표정으로 입을 꾹 다물었다. 엄마가 나를 발견하고 다가왔다. 숨통 조이는 아버지를 만나 여태껏 어떻게 사셨을까? 감정이 북받쳐 오르며 끝내 눈물이 길을 열었다. 엄마는 손수건을 꺼내 내 눈물을 닦아내고는 말없이 양손을 맞잡았다. 내가 고개를 들었을 때 정작 엄마는 눈길을 돌리며 사업 실패 후 우울증을 앓고 있는 아버지를 걱정했다. 쏘아보는 뒷머리가 따가웠던지 고개를 든 아버지와 내 시선이 부딪쳤다. 잠시 멈추어선 영상처럼 미동 없던 아버지는 금세 땅콩 같은 눈물을 뚝뚝 흘리면서 꺼이꺼이 통곡했다.

잎사귀가 다 날아가 앙상한 가지만 펼친 채 애처롭게 서 있는 팽나무를 아버지는 일부러 등지고 섰다. 벚나무는 아버지의 고집대로 놓아두고 배나무와 복숭아나무만 인부를 빌어 동백나무 곁으로 옮겼다. 유언대로 배나무 밑에 할머니의 유골을 묻었다.

상경한 다음 날 중단되었던 공사가 재개되었다고 삼촌이 소식을 전해왔다. 지체되었던 촬영 일정을 때우느라 강행군한 피곤한 하루였다. 늦은 저녁을 먹고 막 잠자리에 들려는데 '엄마'가 휴대폰 액정에 떴다. 전화를 받기 전부터 엄마는 울고 있었다. 그러면서 떠듬떠듬 아버지가 팽나무에 목을 매고 돌아가셨다고 했다.

아담해진 우영팟에 다시 봄이 왔다. 배꽃, 복사꽃, 매화는 어김없이 흐드러지게 피었다. 풍경이 달라지니 생각도 변했다. 난 주민등록을 할머니네로 옮기고 글만 쓰기로 했다. 우영팟에는 상추와 알타리 무, 시금치 씨앗을 뿌렸고 오이와 고추, 방울토마토 묘종도 심었다. 이젠 글이 막히면 호미를 들고 우영팟에 쪼그리고 앉는다. 부드러운 흙을 맨손으로 만지고 있으면 어김없이 할머니가 등장한다. 할머니와 이야기하다 보면 얽혔던 글 모작들이 술술 잘 풀려나온다.

할머니 1주기에는 우영팟 구석에 아버지 연세만큼의 팽나무를 구해다 심으려고 한다. 올해는 배꽃향기가 유난히 코를 찌른다. 단물이 가득 든 토실토실한 배가 많이 열렸으면 좋겠다.

『작가포럼』 2호(2021년 12월) **수록**

ㅇ ㅣ ㅂ ㅕ ㄹ ㅇ ㅡ ㄴ ㅇ ㅜ ㅔ ㄹ ㅁ ㅔ ㅇ ㅣ ㄷ ㅡ ㅇ ㅕ ㅇ ㅎ ㅗ ㅏ ㅊ ㅓ ㄹ ㅓ ㅁ

이별은 웰메이드 영화처럼

— 어젯밤에 안 들어온 게 분명해.

신 여사는 펑퍼짐한 엉덩이를 소파 위에 던졌다. 순간 규형은 자기 몸 위로 쏟아지는 육중한 몸매를 두 손으로 밀며 소리질렀는데 아무런 감각이 없다. 규형은 슬며시 몸을 빼어 나란히 앉았다. 서영이는 방과 거실을 오가며 부친의 부재 단서가 될 만한 무언가를 찾고 있다.

— 엄마는 들어오면서 아빠 방 확인도 안 했어?

— 당연히 자고 있는 줄 알았지.

— 나이 들수록 각방 쓰면 안 된다던데.

— 에고, 너도 시집 가보면 다 알게 된다. 왜 각방을 써야 하는지.

— 아빠 여기 있어. 서영아. 오랜만이다. 공부는 잘되니?

소리는 허공을 맴돌 뿐 아무도 듣지 못한다. 규형은 그

것에 절망한다.

— 내가 정말 죽었구나. 너희에겐 정말 미안하다. 내 말년이 초라했으므로.

— 아침 일찍 나간 건 아니고?

— 네 아빠는 일어나면 샤워부터 하거든? 헌데 목욕탕 바닥에 물기 있나 봐라.

아무런 단서를 찾지 못한 서영은 발을 동동 구르다가 무언가 좋은 아이디어라도 생각난 듯 신 여사에게 다가갔다.

— 참. 핸드폰은? 아빠 핸드폰 가지고 나갔을 것 아냐?

신 여사는 한숨을 쉬고 나서 오른손으로 머리를 받치고 고개를 숙였다.

— 왜 안 해봤겠니? 계속 울리긴 하는데 안 받는다.

— 경찰에 신고부터 해요. 전화기 위치 추적하면 알 수 있어.

— 그렇지. 이제야 날 찾게 되겠구나. 어서 신고해.

— 하루 집에 안 들어온 사람 실종신고하면 받아주긴 한데?

역시 신명자 여사는 현실적이며 이성적이다. 규형이 재판을 받을 때도 숨긴 뇌물 내놓으라고 난리를 친 사람이다. 남편이 없어진 황망한 상황에도 일의 순서를 생각하고 냉정하게 판단할 줄 안다. 오해하고 시비를 걸어와도 먼저 사과하는 법이 한 번도 없었다. 규형은 그런 아내가 늘 얄

미웠다.

— 그렇다고 마냥 앉아서 기다릴 거야?

— 엄마가 얼마나 속 터지는지 넌 알기나 해? 갈 만 한 덴 다 전화 돌렸지만…….

서영은 못마땅해서 타박을 하며 말을 잘랐다.

— 엄마는 평소 아빠한테 신경이나 썼어? 아빠 친구가 누군지? 요즘 누굴 만나 무얼 하는지 알기나 하냐구?

제대로 허를 찔린 신 여사는 미간에 바늘을 세우며 벌컥 화를 냈다.

— 그래. 난 바빠서 그랬다 치자. 헌데 넌 아빠한테 가끔 전화라도 했어?

— 난 공부하잖아? 그럴 정신적 여유가 어딨어?

— 에그. 공부가 벼슬이구나?

— 엄마, 나 고시 포기하고 직장 다닐까 봐. 힘들어 못 하겠어.

— 직장 들어가기는 쉽데? 헌데, 영태는 왜 안 오는 거야?

— 오빠는 급히 다녀올 데가 있다고 조금 늦는다고 했어요.

대화를 들으면서 규형은 중얼거렸다.

— 그래 평소에 관심 있었으면 이렇게 혼자서 각본 짜고 실행에 옮기진 않았을 거다. 허나 다투지 마라. 가족의 걱

정과 부담 덜려고 혼자서 결정한 행동이니까. 이 시간이 지나면 애물단지 하나는 없어질 테고, 다시 가정에 평화가 찾아올 거야.

— 설마. 이 양반이…….

뭔가 골똘히 생각하던 신 여사는 말을 못 잇고 고개를 숙이더니 울음을 터뜨렸다. 의외의 광경에 서영과 규형은 놀랐다.

— 엄마, 왜 그래?

— 뭐야 정말 내 죽음을 슬퍼하는 거야? 아냐 악어의 눈물이겠지. 내가 죽어 없어지길 얼마나 소망했겠어.

— 생각해 보니. 네 아빠. 작정하고 나간 거야. 지난번 병원에 다녀온 후부터 사람이 영…….

신 여사는 몸을 일으켜 규형의 방으로 가더니 서류 봉투를 들고 나왔다. 속에 담긴 건강검진 통보서를 꺼내 서영에게 넘겼다.

— 서영아. 이것 좀 봐라. 난 눈이 어두워서.

서영이 서류를 뒤지며 살피더니 눈을 휘둥그렇게 뜨고 신 여사를 쳐다본다.

— 엄마. 아빠가 이런 상태란 걸 몰랐단 말이야?

— 왜. 중병이라도 걸렸어?

— 췌장암 의심이래.

— 암? 아이고 이 양반이 숨길 걸 숨겨야지.

— 여기서 이러고 있을 때가 아니야. 아빠, 병원에 입원해 있을지도 몰라. 어서 병원부터 가 봐요.

— 그래. 잠시만 기다려라.

신 여사는 허겁지겁 겉옷을 걸치고 핸드백을 든 채 서영이를 따라 밖으로 나갔다.

— 거기가 아니야. 위치 추적해서 나를 찾으라고.

현관문을 통해 들어온 찬 공기에 분위기가 싸늘해지더니 인상 더럽게 생긴 사내가 규형 앞을 막아서며 떡하니 버티고 섰다.

— 소용없어. 이 상황에서 당신이 할 수 있는 일은 아무것도 없어.

그는 까만 쇠털 전립을 쓰고 한산모시 겹두루마기를 두르고 남색 쾌자에 자주색 행전을 찼다.

— 어라? 내가 보여요?

— 나도 죽은 사람에게만 보이지.

— 당신 누구요?

— 강림 차사라고 들어는 봤나?

강림이라는 이름을 듣는 순간 몸이 오싹했다. 봉황처럼 부릅뜬 눈은 말로만 듣던 저승 차사 강림의 모습 그대로였다. 옆구리에는 붉은 오랏줄을 달고 옷고름에는 적배지를 달아매었다. 강림은 적배지를 떼어 내어 펼쳤다. 붉은 바탕천에 검게 새겨진 글자는 '오규형' 자신의 이름이었다.

— 임인생 오규형. 당신 이름 아니오?

규형은 얼른 납죽 엎드리며 사정을 했다.

— 맞습니다. 하지만 차사님. 이건 개죽음이잖아요? 난 영화처럼 아름답게 마지막을 장식하고 싶습니다.

— 그건 당신이 정하는 게 아니야.

— 그래도 만신창이가 되어 떠난다는 건 너무 비참하잖소? 아름답게 죽을 수 있게 한 번만 기회를 주십시오.

강림은 어이없는 듯 코웃음을 쳤다.

— 흥. 아름다운 죽음? 당신이 남을 위해 몸을 던졌소? 죽음은 다 슬프고, 아프고, 괴롭고, 추하지. 그렇게 죽는 게 당신의 운명이야.

운명이라는 말에 규형의 입에서 탄식 같은 긴 한숨이 나왔다.

— 헌데, 죽으려고 집을 떠난 사람이 무슨 미련이 남아서 돌아왔는가? 사고 현장에 없어서 얼마나 당황했다고. 당신을 저렇게 애타게 찾는데 아내한테는 언질도 안 줬나 보군.

오규형은 말기암 환자라는 사실을 신 여사에게 말하지 않았다. 짝수 해마다 받는 정기 건강검진을 받고 난 며칠 후 병원에서 당장 입원하라는 연락이 왔다. 입맛이 없고 자주 피곤하다는 것 빼고는 아무런 증상도 없었는데 췌장

암으로 6개월을 넘기기 힘들다고 했다. 직장을 그만두고 나서 분노의 술자리를 자주한 게 원인일 것이다. 규형은 가족들과 의논하고 다시 오겠다는 핑계를 대고 병원을 빠져나왔다.

집으로 오면서 별별 생각을 다 했다. 그런데 슬프거나 억울하다는 생각은 들지 않았다. 백세 시대에 60년 인생이 짧긴 하지만 수명을 인간이 어찌할 수 없는 것 아닌가? 이제 가는구나. 의연한 의지와는 상관없이 어깨는 축 처지고 다리가 후들거렸다.

그러다가 머릿속에 반짝하며 스파크가 일었다. 불현듯 누워서 죽음을 기다리기보다 맞서 싸워보자는 생각이 스쳤다. 입원 치료를 거부하고 투병을 하면서도 십 년 이상을 버티고 있는 어느 시인이 떠올랐다. 몇 달 더 연명하려고 치료의 고통과 주변의 걱정을 감수하면서, 거기다가 막대한 병원비까지 날릴 필요가 무언가? 자식들은 다 컸으니 제 길 알아서 살아갈 것이고, 천덕꾸러기가 없어지면 보험설계사인 아내는 많은 보험금을 탈 것이니 오히려 자유를 만끽하며 잘 살 것이다.

영화처럼 아름답게 죽는 방법을 생각해 보았다. 장기를 기증하기에는 몸 상태가 아니다. 투병하며 쓸 비용으로 이벤트를 만들어 만나고 싶은 사람을 멋진 호텔로 초대하자. 마침 회갑 생일이 다가오고 있으므로 하늘이 돕는다고 생각했다.

그러나 가장 대신 생계를 위해서 밤늦게 귀가하는 아내와 마주할 수 있는 시간을 만들지 못하므로 해서 규형은 이 세상과의 이별을 혼자서 준비해야 했다. 거사 계획을 세우고 나니 시간이 다가올수록 초조해졌다.

휴일 아침, 늦게까지 자고 일어난 아내가 교회 가려고 화장대에 앉았을 때 규형은 용기를 내어 의향을 밝혔다. 예상대로 신 여사는 규형을 이상한 동물 보듯이 가자미눈을 뜨고 면박을 주었다.

— 당신 정신이 어떻게 된 것 아니에요? 아니 요즘 세상에 환갑잔치를 하는 사람이 어딨어요? 그럴 돈 있으면 나 줘요.

30년 이상을 함께 살면서도 속마음을 잘 모르는 게 부부 사이다. 반려자에게 편견이나 불신의 딱지를 붙이면 일거수일투족이 밉상이고 웬수 아닌가. 게다가 잘 나가던 직장에서 하루아침에 쫓겨나 백수의 신세니 얼마나 꼴 보기 싫을까? 가장이 범죄자이니 자식들은 또 얼마나 기가 죽을까?

씨알도 안 먹힌 말이었지만 아내의 말을 곱씹어보니 밥 한 끼 먹기 위해 거금을 쓰는 것은 의미가 없다는 걸 깨달았다. 돈을 아껴 선물을 마련하기로 마음을 바꿨다. 호텔 대신 소박하게 동네 식당을 빌었으나 음식은 뷔페 전문점에 부탁하여 고급으로 예약했다.

휴대폰에 저장되어있는 연락처 이름을 하나하나 밀어올리다 보니 얼굴이 기억나지 않은 사람도 많았다. 때로는 만나지 말았어야 할 사람, 안타까운 추억으로 남은 장면이 문득문득 떠오르기도 했다. 인연을 생각하며 더하고 교체하면서 50명을 선정하여 점심을 함께하자는 초청장을 보냈다.

초대에 고맙다는 사람, 선약이 잡혀 있다는 불참 메시지도 있었으나 더러는 아무런 회신도 없었다. 규형은 초청한 사람을 만날 기대감으로 잔치 날을 손꼽아 기다렸다. 그날을 위하여 가장 깨끗하고 밝은 색깔의 양복을 세탁소에 맡기고 아내 몰래 와인도 박스로 주문했다.

흘러가는 날짜들에 무디어진 건지 신 여사는 아침에 회사에 나가면서도 별다른 말이 없었다. 회갑 날을 잊어버린 것이 분명했다. 기숙사에 살면서 고시 공부하는 딸과 인천에 사는 아들 내외도 연락이 없기는 마찬가지였다. 그러나 규형은 섭섭한 감정을 갖지 않았다. 기대하지 않았으니 실망도 없었다. 생활에 쫓기며 사는 아이들에게 누구에게나 매년 돌아오는 생일이 무슨 의미가 있겠는가? 퇴직 후 규형은 생일이면 아무에게도 알리지 않고 간단한 음식을 준비하여 부모님이 계신 산소를 찾아갔다. 봉분도 정리하고 옛날 어린 시절 좋았던 일들을 생각하며 어두워질 때까지 놀다 돌아왔다.

— 옛날 같으면 허연 수염을 한자나 기르고 방바닥에 껌딱지처럼 누워 지내는 분이 많았겠지만 요즘 60은 노인이 아닙니다. 유엔에서는 75세 이상을 노인이라고 했으니 60은 팔팔한 청춘 아닙니까? 그럼에도 오규형 국장이 우리를 불러 회갑연을 여는 것은 사람이 그리워서겠지요. 한창 일할 나이니 좋은 후원자를 만나면 다시 일어설 것입니다. 그런 의미에서 오늘의 건배사는 청바지로 하겠습니다. '청춘은 바로 지금' 하면 '청바지'하고 외쳐주십시오.

연회장에 모인 사람들은 60줄에 가깝거나 훨씬 지난 사람들이었으므로 신문사 선배였던 임정석 논설위원의 '청춘'이라는 말에 상당히 고무된 모습으로 '청바지'를 외쳤다.

식사가 다 끝날 무렵까지 식당에 나타난 것은 서른두 명이었다. 규형과 오랜 시간 함께 한 신문사 동료들, 불행한 일에도 위로를 준 친구들, 출입처에서 만났던 은퇴한 고위 공직자들, 취재하면서 알게 된 성공한 사람들이 대부분이었다. 자신과의 인연을 소중하게 여기는 64%의 사람들, 이승에서의 인생 성적표처럼 생각됐다.

규형은 끼리끼리 모여 앉아 있는 식탁을 돌며, 한 사람씩 안부를 묻고 포도주를 나누었다. 그들은 하나같이 '재기하라', '장수하라'고 덕담을 했고 규형은 '그럼요. 백수니 백수를 누려야죠'하고 화답했다. 눈치 빠른 사람들은 그를 붙잡고 눈시울을 붉혔다.

— 왜 몹쓸 병에라도 걸렸어?

규형은 오히려 과장되게 웃었다.

— 보다시피 말짱합니다.

— 그런데 왜 돈 쓰면서 이런 짓거리 하는 거여?

— 보고 싶어서요. 이렇게라도 하지 않으면 보기 어렵잖아요?

— 회갑연이라고 했으면 봉투라도 들고 오는 건데. 헌데 자네 식구들은 왜 안 보여?

— 저녁에 따로 자리 마련해야죠.

말은 그렇게 했으나 그런 자리는 없을 것이라는 씁쓸함 때문에 규형의 웃음은 묘한 표정을 만들었다.

식사가 끝날 무렵 종배사를 했다. '이다음에 혹시 제 부고가 들리더라도 오지 말라'는 말을 했을 때 사람들이 웅성거렸다. '죽은 다음에야 무슨 소용입니까? 살아 있는 날의 기쁨에 건배'하고 재빠르게 둘러댔다.

하객들이 나갈 때는 미리 주문하여 둔 기념품을 주었다. 지상에서 만난 인연을 기억하자는 의미로 '인연에 감사'라는 말과 그의 이름이 박힌 오백 원 동전만 한 금화 한 닢이었다. 아내 모르게 숨겨둔 전 재산을 끌어모아 마련한 최후의 오찬이었다.

'잘 먹었네' '자주 봅시다' '연락하겠네' 같은 의례적인 말을 남기고 작별 행사는 그렇게 끝났다. 남은 금화는 잘 싸서 방 책상 깊숙이 밀어 넣어 두었다. 나중에 발견하면 굳어버린 아내의 가슴에 작은 바람이라도 일기를 고대하면서.

— 당신이 계획했던 엔딩컷은 어떤 것이었소?

— 부모님이 누워 계신 산속에 들어가 텐트 치고 살면서 아프면 미리 파둔 구덩이에 드러누울 생각이었죠. 그러면 죽음이 새벽처럼 와서 데려갈 테니까요.

— 그런데 당신의 처참한 시신은 왜 언덕 아래 있었을까?

— 아버지 기일 아침 떠나기로 작정했어요. 비 날씨였으나 늦출 수도 없었죠.

— 시아버지 제삿날인데 아내는 같이 안 가나?

— 아내는 기독교 신자라 제사를 지낸 적이 없어요.

— 그러다 빗길에 교통사고가 났단 말이지?

떠나기 전부터 배가 꾸룩거리며 슬슬 신호가 왔다. 차가 힘겹게 언덕길을 오르는데 정신이 혼미해질 정도로 아파서 브레이크를 밟을 힘도 없었다. 핸들은 제멋대로 노는데 갑자기 유리창이 환해지면서 뭔가 덮치는 소리가 들리고 언덕 아래로 굴렀다. 일어나보니 차는 휴지처럼 구겨졌다. 기사는 머리가 깨지고 피투성이가 된 채 움직임이 없었다. 그런데 규형은 아픈 감각이 전혀 없이 차 밖에서 자신을 보고 있었다.

— 그렇게 연출된 거야. 시나리오는 당신이 짰으나 연출은 염라대왕의 몫이지. 화물트럭이었어. 앞길이 창창한 젊은 운전기사가 바로 신고했지. 다행히 그를 전과자 만들지 않기 위해 당신이 미리 조치를 해 놓았더군.

강림은 규형을 보고 대견한 듯 웃었다. 규형은 집에서 떠나기 전 유서를 써서 점퍼 안주머니에 넣었다.

'이건 내가 택한 길이다. 누구도 탓하진 말라.'

자신이 발견되었을 때 시비를 없애기 위한 방책이었다.

그때 '삐삐삐' 하고 비상음이 울렸다. 강림은 품 안에서 테블릿 pc를 꺼내 살폈다.

— 당신 시신이 병원으로 옮겨지고 있소.

— 이제 떠나야 하는 건가요?

— 서두를 것 없소, 영결식에서 이별 잔은 받고 가야지.

— 그럼 말미가 좀 있단 말씀이죠?

— 가만히 누워 계시지 뭐 달리 하실 일이라도?

— 이승을 떠나기 전에 꼭 만나고 싶은 사람이 있소. 평생 가슴에 박힌 가시 같은 사람이오. 제발 꼭 찾아줘요.

규형의 간곡한 부탁에 강림도 하릴없이 다시 기기를 켰

다.

— 어디 찾아나 봅시다. 출신 성분을 말해보시오.

— 이름은 정은숙. 나이는 나와 갑장이고 경상남도 진주 출신. 동대문대학을 나왔소. 아니 중퇴했소.

— 어디 봅시다. 임인생 정은숙이라.

강림은 테블릿에 정보를 입력한다. 화면을 보던 강림의 입꼬리가 올라가는 것으로 봐서 찾은 모양이다. 규형 앞에 내민 테블릿 화면에는 통통한 여인이 웃고 있었다.

— 이 사람 맞소? 산드라 정.

규형이 생각했던 모습과 달랐다. 젊은 시절의 은숙은 갸름하고 날씬했었는데 화면 속의 여인은 살찌고 탐욕스런 얼굴이었다. 규형은 고개를 갸웃거리며 말했다.

— 아닌 것 같은데 전혀 다른 사람이에요.

— 조건에 부합하는 사람은 그 사람밖에 없소. 대학 다닐 때 미술 전공하지 않았소?

— 맞아요. 헌데 얼굴을 못생기게 성형한 것이 아니라면 너무 달라요.

— 살아온 환경에 따라 얼굴은 변하는 법이오. 당신은 안 그런가?

욕하면서 닮아간다고, 기자 생활하면서 세상의 추한 모습을 자주 접하다 보니 규형이 생각해도 많이 찌부러졌다. 화면을 자세히 보니 젊었을 적 이미지가 어슴푸레 보였다.

— 작년에 귀국 전시회를 했구만. 화단에서는 꽤 알아주는 파리 유학파라고 하는데 기자이면서 그쪽에는 관심이 없었는가?

파리 유학파라는 말에 규형의 머릿속에 아련한 화양연화 시절이 파노라마처럼 재생되었다.

민주화를 요구하는 시위가 한창이던 때 그들은 같은 대학 봉사동아리 동급생이었다.

민주화운동은 그들의 만남과 이별의 계기가 됐다. 규형은 강원도 출신이고, 은숙은 경상도에서 올라와 학교 근처에서 각자 자취를 했다. 그 당시 신문방송과에 다니던 규형은 사회 정의와 정치에 대해 관심이 많아서 가는 곳, 만나는 사람마다 군사독재정권에 대해 울분을 토해냈다. 시위 때는 맨 앞줄에서 '독재타도, 직선쟁취' 구호를 외쳐댔다. 그러다가 정보기관 블랙리스트에 오르고 쫓기는 신세가 됐다.

하루는 학교 앞 시위에 참여했다가 경찰이 휘두른 곤봉에 맞아 머리가 째지는 불상사를 당했다. 피투성이가 되어 도망치다가 은숙의 자취방으로 숨어 들어갔다. 붙잡히면 맞아 죽는다는 생각에 병원에도 가지 못하고 은숙의 정성스런 간호를 받으며 자취방에서 같이 생활했다. 젊은 피는 쉽게 섞이었다. 서로에게 이끌리어 사랑하고 동거하게 되면 피할 수 없는 게 임신이다. 둘은 가난한 시골 집안의 도움을 받을 처지가 못 되었다. 그럼에도 그들은 사랑의 열매가 생겼음에 기뻐했고 출산을 결정했다. 아들이었다. 아이의 이름은 둘의 이름자 하나씩을 따서 은규라고 정했다.

학생들은 시민혁명이 성공해서 평화로운 세상에서 대학을 다녔으나, 은규가 태어나면서 기쁨은 잠시, 그들의 생활은 엉망이 됐다. 학교 수업은 언감생심이었다. 은숙은 아이를 돌봐야 했고 규형은 기저귀와 분유 값을 벌어야 했다. 규형이 벌어오는 돈으로는 생활비도 빡빡했다. 하는 수 없이 낮에는 규형이 일을 나가고 저녁에는 은숙이 카페 알바를 뛰었다. 생활은 피곤하고 팍팍해서 둘은 사소한 일에도 자주 다퉜다.

은규가 첫돌이 지났을 때 은숙이 돌연 쪽지 한 장을 남기고 사라졌다. '미안해, 나 꿈을 위해 떠나. 은규 잘 키워줘'라는 말이 전부였다. 일하던 카페에 자주 들리던 단골손님과 함께 사라졌다는 것을 알았다. 그는 프랑스 유학생이었다. 그를 따라 파리로 떠났다는 것을 출국자 명단을 통해서 확인했다. 규형은 막막했다. 은규를 돌보는 일 외에 어떤 것도 할 수 없었다.

대통령 선거가 직선제로 치러졌으나 3김의 권력에 대한 야멸찬 욕망 때문에 도로 군부정권이 탄생했다. 군부 정권은 암암리에 대학가 시위를 주도했던 주동자 색출에 나섰고 급기야 오규형도 붙잡히게 됐다. 규형은 아기를 안고 같은 골목에 사는 절친한 후배를 찾아가 외국 입양기관에 맡겨 달라고 부탁했다. 그리고 규형이 군에 입대하면서 가족은 분해됐다.

테블릿을 보던 강림이 시니컬하게 웃으며 규형을 보았다.

— 당신의 사고 소식이 방송을 타고 있소. 당신 좌파 운동권 출신이었어? 그런데 어떻게 극우 언론인이 됐을까?

— 시대와 상황이 사람을 만든다잖소?

— 어려운 길보다 편한 길을 택한 거겠지. 자 우선 당신의 육신이 있는 곳부터 갑시다. 눈 감아요.

몸이 솟구치는 것을 느꼈는데 눈을 뜨니 장례식장 분향실이었다. 향로 위에서 향이 타오르고 있는데 냄새가 나지 않았다. 신 여사와 며느리, 그리고 서영이가 상복을 입고 상주 석에 앉아 있었다. 장례식장은 한산했다.

— 입관 절차는 끝난 모양이군. 자네는 영정 속에 앉아서 조문객 받게.

규형은 자신의 영정 앞에 섰다. 젊은 시절 해맑게 웃는 모습이었다. 저런 시절이 있었나 생각하며 검은 리본이 둘러쳐진 영정 안으로 들어갔다. 잠시 후 영태가 굳은 얼굴로 들어오더니 제 엄마를 붙들고 다그쳤다.

— 엄마. 오은규가 누구야?

신 여사는 아들의 도발적인 질문에 눈을 크게 뜨고 반문했다.

— 오은규?

— 정말 몰라?

— 처음 듣는데?

— 아버지 재정 상태를 파악하고 왔는데, 수령인 오은규 이름으로 사망보험이 계약되어 있더라고.

— 나 몰래 사망보험을? 오은규가 도대체 누구지?

신 여사의 얼굴이 일그러지면서 붉어졌다. 둘의 대화를 지켜보던 서영이 나섰다.

— 엄마. 지금 상중이야. 오빠도 이런 상황에 그걸 찾아봐야 했어?

강림이 눈을 찡긋하더니 규형을 약 올렸다.

— 이제 당신의 과거가 다 들통 나게 생겼군.

— 뭐 어때? 어차피 난 이 세상 사람 아닌데.

영태는 억울하다는 표정으로 변명했다.

— 행불됐다는 소식 접하고 친구에게 부탁해 둔 거야. 재정 상황을 알아봐 달라고 했는데 보험계약까지 나온 거라구.

— 아들 녀석이 제법 현실적인데?

— 저 녀석은 증권회사에 다녀서 돈 관계에 대해선 아주

치밀해요.

시선을 돌리니 회갑연 때 봤던 친구가 분향실로 들어왔다.

— 아니 저 녀석은 오지 말라고 했는데 왜 온 거야?

그는 분향함에 조의금을 넣고 향을 사르고 절을 했다. 그리고는 신 여사를 한쪽으로 데려가더니 주머니에서 금화를 꺼내 내밀었다.

— 이거 받으세요.

신 여사는 영문도 모르고 내미는 금화를 받았다.

— 이게 뭡니까?

— 모르셨어요? 지난번 회갑잔치 때 고인이 기념품이라며 준 거예요. 난 이거 금박을 입힌 가짜인 줄 알고 손주에게 장난감으로 줬는데, 함께 받았던 친구에게서 연락이 왔어요. 이게 진짜라고. 사실 망인이 밥 한번 제대로 산 적 없이 남의 술만 얻어 마시는 노랭이 짓 많이 했어요. 그러니 진짜 이렇게 값나는 것을 선물로 준다는 건 생각지도 못한 일이죠.

— 그런 일을 했어요?

— 저는 그거 없어도 돼요. 유품으로 보관하세요.

신 여사는 감정에 북받쳐 눈물을 찔끔거렸고 친구는 식당으로 발길을 옮겼다. 이야기를 듣던 강림이 배시시 웃었다.

— 모르고 쓰레기통에 던져버린 사람 많았겠는 걸?

규형이 입을 쩝 하고 다시는데 강림이 다시 비아냥거렸다.

— 직장에서 쫓겨났을 때 고소하게 생각하던 사람은 얼마나 많았을까? 그래도 회개하고 마지막 선행을 베풀었으니 염라가 참고할 거요.

다음 날 강림은 규형을 데리고 정은숙의 작업 화실로 갔다. 안개처럼 스며들었는데 다른 손님이 먼저 와 있었다. 의미를 알 수 없는 추상화 캔버스가 벽면에 의지하여 가지런하게 놓여 있고, 이젤 위 미완성의 캔버스에선 마르지 않은 물감이 번쩍거렸다. 탁자에는 외국 미술 잡지들이 비쭉배쭉 쌓여 있다. 산드라 정은 작업용 앞치마를 걸친 채 의자에 앉아 있는데 마주 앉아 있는 중년의 여자를 보는 순간 규형은 깜짝 놀라 입을 다물지 못했다. 진경순이었다.

— 왜 아는 사람이야?

— 은규를 맡아준 후뱁니다. 대학 때 둘은 자매처럼 지냈어요.

— 분위기가 꽤 심각한데?

은숙은 화장기가 전혀 없는 얼굴이었고 몸은 불어서 또래보다 나이 들어 보였다. 그녀도 세월의 행패에 고스란히

당한 모양이다. 규형은 유화 물감에서 알 수 없는 모멸감 같은 것을 느꼈다.

— 기십 년 만에 첫사랑 만난 감회가 어떤가?

— 됐소. 이젠 편안히 눈 감을 수 있겠소.

굳어진 얼굴을 펴며 은숙이 입을 열었다.

— 벌 받아 일찍 간 거지. 은규에겐 미안했지만, 그때 한국을 떠난 것은 살기 위한 선택이었어. 숨통을 막아오는 지옥 같은 현실에서 벗어나야 했으니까.

강림이 정색하며 규형을 바라보았다.

— 보라구. 인간들이란 이렇게 이기적이야.

경숙이 마시던 커피 잔을 탁자 위에 내려놓았다.

— 오 선배는 한때 메이저 신문 잘 나가는 기자였어요.

— 잘 나가? 흥, 조작된 기사로 건실한 사업자 자살에 이르게 하고, 권력의 홍위병이 되어 뒷돈 챙기는 사이비 언론인 아니었나? 그러니 아무거나 처먹다 체한 거지.

— 아니 외국 생활 오래 했으면서 어떻게 알았어요?

— 인터넷 들어가면 다 나오는데 숨길 수 있는 게 어디 있어?

강림이 규형을 보며 웃었다.

— 비웃지 말아요. 저건 진실이 아니야.

— 아니긴 법정에서 밝혀진 사실이지. 불법 자금을 유력한 국회의원에게 전달하고 기업에 특혜를 준 게 들통 났

지. 그 과정에서 일부 배달 사고가 났고.

— 그건 택배비요. 재수가 없었던 것뿐이요.

규형이 화난 줄 알자 강림은 돌아서서 혼자 웃었다.

— 아주 당당하구만. 살아 있을 땐 몰라. 죽어서 나오는 평판이 진짜야.

머쓱해진 경순은 다시 커피 잔을 들어 변죽을 만지작거리며 말을 이었다.

— 언니. 은규 소식은 알고 있어?

은숙은 대답 대신 경순과 시선을 마주쳤다.

— 한국에서 성공했나 봐요. 직원이 백 명이 넘고 일 년 매출이 기백 억 원이래. 은규가 만든 게임과 애니 작품이 외국에서도 인기 좋대요. 한번 만나보지 않을래요?

— 내가 용서 빌라고?

은숙은 고개를 가로저으며 말을 이었다.

— 각자 인생 잘살고 있으면 된 거지. 만나면 감정의 화학작용이 일어날 테고. 에고 난 복잡한 거 싫어. 평생 달고 살았던 혹 하나가 사라졌으니 홀가분하게 살 거야.

— 언젠가 나타나리란 기대는 했는데, 오육 년 전에 찾아왔었어요. 제 뿌리를 알고 싶어 하더라고요. 다 얘기했어요.

— 마음이 뜨끔하네. 천륜을 저버렸으니…….

은숙은 쓸쓸하게 웃더니 식은 커피를 목으로 넘겼다. 강림이 생각에 잠겨 있는 규형의 옆구리를 툭 치며 물었다.

— 이보게. 아들이 자네를 찾아갔지?

규형은 강림을 쳐다보며 고개를 끄덕였다.

— 신문사에서 만났소. 원망하거나 그런 감정 없대요. 그러니 미안해하지도 말고 다시 볼일도 없을 거라고 합디다.

— 아들이 찾아온 것이 왜 하필 그때였을까?

규형은 감회가 새로운 듯 눈을 지그시 감았다.

— 업보지요. 사람을 시켜 뒷조사했죠. 한국에서 사업을 하겠다는 놈이 건물 빌릴 자금마저 없더라고요. 안타깝게도 난 영태 결혼 때 과다 출혈해서 도와줄 여력이 없었어요. 그게 은규를 본 마지막이에요.

— 피는 서로 당기는 법이니까.

경순은 미술 잡지를 뒤적거리며 은숙의 눈치를 살피다 입을 열었다.

— 언니, 그래도 한때 사랑했던 사람이잖아? 이승 떠나는 사람에게 술 한 잔 안 올릴 거야?

— 미쳤어? 책임지겠다고 낳은 아이를 버리는 놈이 인간이냐구? 영정 앞에서 악다구니라도 치라는 거야? 그 가족들은 무슨 낯짝으로 보구?

히스테릭한 은숙의 소리에 분위기가 갑자기 싸늘해졌다. 괜한 소리 했다가 야단을 맞은 경순은 어찌할 바를 몰라 얼굴만 붉혔다. 규형도 고개를 돌렸다.

— 더 심한 악담 쏟아놓기 전에 그만 갑시다. 고별식 시간도 다 되었소.

규형은 은숙을 바라보며 중얼거린다.

— 미안했소. 다음 세상에선 좋은 인연으로 만납시다.

목사가 집도하는 영결 의식이 끝났을 때, 상주를 기다리는 손님이 있었다. 머릿기름 바른 젊은이가 깍듯하게 인사하고 명함을 내밀며 영태를 손님이 기다리고 있는 식당으로 데리고 갔다. 엔케이플러스(nk PLUS)라는 업체명 아래 찰스 오(charls oh)라는 이름과 전화번호만 적혀 있을 뿐 명함은 단순했다. 식탁에 앉아 있던 검은색 정장 수트를 차려입은 청년이 일어서며 찰스 오임을 밝혔다. 영태는 분향실 입구에 진열된 조화 속의 이름을 기억해 냈다. 그리고 환하게 웃으며 손을 내밀었다.

— 조화 감사히 잘 받았습니다. 감사합니다.

— 감사는요. 은혜를 입었는데 너무 늦었습니다.

은혜라는 말에 영태의 머릿속에 떠오르는 이름이 있었다.

— 혹시, 한국명이 오은규 씨인가요?

찰스 오는 자신의 이름을 기억하고 있는 것이 신기해서 영태의 눈을 주시했다.

— 그걸 어떻게?

틀림없다는 걸 직감하는 순간 영태는 몸에 소름이 돋으며 전류가 흐르는 걸 느꼈다.

— 망인과는 어떻게 되는 사입니까?

— 제 사업에 큰 도움을 주셨어요.

은규가 말을 하며 손을 내밀자 뒤에 섰던 젊은이가 두툼한 봉투를 건넸다.

— 제가 사업 시작할 때 자금이 부족해서 펀드를 만들었어요. 그때 익명으로 거액의 현금이 배달되어왔습니다. 당시에는 누군지 찾을 겨를이 없었어요. 그런데 그 후에 오규형 씨가 김영란법 위반으로 신문사에서 퇴출당했다는 소식을 들었어요. 그래서 그게 검은돈이라는 것을 알았죠.

규형은 고개를 숙이며 길게 한숨을 내쉬었다. 듣고 있던 강림이 말했다.

— 눈물겹소. 아들의 미래와 당신의 여생을 맞바꿨으니.

— 어리석었던 젊은 시절에 대한 참회의 뜻이었소.

— 그런다고 목적이 수단을 정당화할 순 없지. 인간의 행불행은 선택에서 결정되는 거요. 생각해 봐요. 당신이 시위에서 다쳤을 때 정은숙이 아니라 진경순 집을 선택했더라면, 뱃속의 은규를 지워버렸다면 두 사람의 인생은 달라졌겠지. 당신이 선택한 운명이요.

규형은 할 말을 잃고 시선을 돌렸다. 은규의 얼굴은 사뭇 경건했다.

— 그런데 당시에는 어떻게 할 형편이 못됐어요. 이제야 겨우 여유가 생겼는데 부음을 들었습니다. 어찌 이것으로 은혜에 대한 보답이 되겠습니까만 제 성의니 받아주십시오.

영태가 봉투를 받자 은규의 출현에 호기심을 가지고 바라보던 서영과 신 여사도 가까이 모여들었다. 서영이 탁자 위에 놓인 명함을 집어 들어 보고 놀란다.

— 어머. 나 이 회사 알아요. 강남에 빌딩도 있고 아주 잘 나가는 애니메이션 제작회사 맞지요? 저 고인의 막내예요.

— 그러세요? 회사 구경하고 싶으면 언제든지 찾아오십시오. 그리고 외람된 부탁입니다만 망인에게 술 한 잔 올려도 될까요?

— 그럼요. 이리로 오셔요.

서영이 앞장서서 분향실로 안내했다. 강림이 규형 옆에 나란히 서서 은규를 바라본다.

— 자네의 종자가 아닌 것 같아. 지우지 않고 출산을 결정한 건 탁월한 선택이었어.

은규는 향을 사르고 영태가 따라준 술잔을 상에 올려 절을 한다. 규형은 마음이 흐뭇해져 웃는다. 신 여사도 봉투에 눈길을 두다가 슬그머니 돌아서 눈가를 훔치는데 강림이 심술처럼 규형을 다그친다.

— 자, 마지막 술잔까지 받았으니 떠납시다.

망자의 관이 운구차로 이동되자 은규도 상주의 뒤를 따라나선다.

— 잘들 있으시오. 미안하고 고마웠소.

강림을 따라가면서도 못내 아쉬운 듯 규형은 자꾸 뒤를 돌아다본다. 강림이 앞서가며 재촉한다.

— 귀신이 이승에 미련을 가지면 자손들 앞길 사나워져요.

영구차가 사람들을 태우고 이동하자 규형은 만족한 듯 웃으면서 강림을 따라 하늘로 올라간다. ✗

『한국소설』 287호(2023년 7월) **수록**

ㅋ ㅏ ㅍ ㅔ ㅋ ㅏ ㅇ ㅣ ㄹ ㅗ ㅅ ㅡ ㅇ ㅡ ㅣ ㅅ ㅣ ㄱ ㅏ ㄴ

카페 카이로스의 시간

"명자 언니?"

오랜만에 듣는 정겨운 목소리에 얼른 상체를 일으켜 침상 머리에 기댔다.

"이게 누구야? 정 교수. 정희옥 맞지?"

"언니 미안해요. 그간 연락도 못 드리고."

"서로 바쁘다 보니 그렇지 뭐. 잘 지냈어?"

"응. 헌데, 석지호가 죽었대."

석지호란 말을 듣는 순간 소름이 돋으며 숨이 턱 막힌다.

"언니, 왜 그래? 석지호 몰라? 석영순?"

머릿속이 하얘지는데 채근하는 소리에 정신이 들었다.

"왜 모르겠니? 하도 이외의 소식이라서. 왜? 코로나 때문이야?"

"확실한 건 몰라. 오늘 아침 우리 단톡방에 떴더라고

요."

"그렇게 억척이더니만. 참 안됐다."

"그러게 말이에요. 내게 한 행실을 봐선 모른 체하고 싶지만 신세 진 것도 있고. 마지막 가는 길에 국화 한 송이는 놓아줘야 싶기도 해서. 언니 장례식장 간다면 같이 가려고."

장례식장의 향 비린내 속으로 자가 격리 중이라는 말이 숨어버린다.

"난 월말이라 화장실 갈 시간도 없이 바빠. 나중에 줄 테니까 조의금 부탁해."

"언니, 부담스럽게 괜히 연락했나 보다."

"아니야. 그래도 그간 미운 정 고운 정 다 들었는데……."

"됐어. 혼자 가긴 그래, 괜히 옛일 생각나면 가슴만 아플 것 같고. 나도 안 갈래. 근간 시간 되면 연락 줘요. 술이나 한잔하게."

"그래 전화하마."

전화를 끊자마자 간질거리던 재채기가 연거푸 터져 나와 크고 작은 비말이 사방으로 흩어졌다.

시간이 나면 하고픈 게 많았는데 하나도 생각나지 않는다. 정작 시간이 생겼으나 아무것도 하고 싶지 않다. 생각조차 귀찮다. 죄지은 것도 아닌데 죄수처럼 갇혀 지내는 신세가 억울하기도 하고, 잘 돌아가던 내 인생 시계가 멈쳤다고 생각하니 무력감에 짓눌려 손가락 하나 까딱하기도 귀찮다. 유튜브의 광고처럼 건너뛰기를 할 수 있다면 이 우울의 시간을 훌쩍 뛰어넘어 다시 일상으로 돌아가고 싶다.

누진한 바람을 가르며 조깅도 하고, 푸른 바다 갯내음도 맡고 싶다. 사랑하는 아이들과 남편의 체온도 그립다. 월말인데 사무실에도 미안하고…….

야근 마치고 노곤한 몸 씻으러 사우나에 들렀던 게 사달이 났다. 확진자와 동선이 겹친다고 검사를 받았는데 음성 판정이 났지만 2주간 자가 격리하라는 통지를 받았다.

"그냥 인생 볼링한다고 생각해. 당신 결혼하고 나서 애들 뒤치다꺼리며, 밤낮없이 직장 일에 치이며 얼마나 바빴어? 하느님이 당신 좀 쉬라고 휴가를 준 거야. 애들은 걱정 마. 엄마가 잘 챙겨 줄 거니까. 오래 떨어져 있는 것도 아닌데 뭐?"

남편의 말투에선 위로보다 내 손바닥에서 벗어났다는 해방감이 더 짙게 묻어나왔다. 사흘밖에 안 지났는데 서서히 지겨워지기 시작한다. 나를 옭아매는 시스템과 반복적인 일상에서 벗어난 그 자유를 나도 느끼고 싶은데 정체 모를 불안의 그림자가 슬며시 기어든다. 인간은 거대한 틀 속에 부속처럼 함께 돌아가야 편안한 거로구나. 그런데 나 없이도 세상은 잘 돌아가고 있으니, 도대체 나란 존재는

뭐지?

정희옥 참 대단하다. 자신의 인생에 큰 생채기를 남긴 사람 조문할 생각을 다 하다니.

붉게 물들던 단풍잎이 이지러지며 바람에 날리던 날, 석영순과 정희옥을 만났다. 그 당시 난 구청 공무원으로 문화원 지원 업무를 담당하고 있었다. 현장을 방문한 자리에서 시창작교실 강좌의 강사가 유명한 시인이라는데 혹해서 덜컥 신청서를 쓰고 말았다. 내 마음은 푸릇푸릇 새싹이 돋아나는 봄날이었다.

둘은 인근 소도읍에서 자란 동기생이었고 난 제주도 어촌 출신으로 남편의 고향 가까운 곳에 보금자리를 틀고 살고 있었다. 우린 같은 또래여서 수강 후 뒤풀이에서 자주 어울렸다. 내가 세 살 많은 기혼자였지만 그녀들은 오래된 친구처럼 살갑게 다가왔다.

'글은 곧 그 사람이다.'

영파구문화원 문학 강좌 첫 시간에 들은 말이다. 이 말이 떠오를수록 시 쓰기가 더 두려워졌다. 문학은 자신을 드러내는 일인데 난 그럴만한 위인도 못되고, 왜 시를 쓰는가에 대한 절실한 변명도 마련하지 못했기 때문이다.

거기다 결정적으로 새록새록 피어오르던 내 문학 열정에 찬물을 끼얹은 사람이 석지호였다. 그녀를 통해 문학은 인간을 구원하기도 하지만 때로 인생을 파괴하기도 한다는 것을 깨달았다. 그것이 비단 문학이어서 그런 건 아니겠지만 어쨌든 빌미가 된 건 사실이다.

희옥의 말을 빌리면 영순은 자유분방한 성격에 글솜씨가 뛰어나 문청이 아닌 남학생들에게도 꽤 인기가 있었다고 했다. 학교가 달랐으나 언젠가 백일장이 끝난 날 버스터미널에서 만나 함께 빵을 먹으며 친구가 됐다. 그 후 영순은 서울에 있는 대학에 진학했고 거기서 짝을 만나 일찍 결혼했다는 소식을 들었을 뿐 교유가 없었다.

"참, 사람 인연이란 게 묘해요. 비가 추적추적 내리는 여름날이었어요. 장국영이 나오는 영화 구경을 갔는데 영순이 날 알아보고 말을 걸지 뭐예요. 10여 년 사이에 그녀는 몰라볼 정도로 변했더라구요. 우리가 같은 하늘 보며 한동네에 산다는 것을 알고 얼마나 반가웠는지. 헌데 영순이 곁에 남자가 있었어요. 당연히 남편인 줄 알았는데 남사친이라고 소개하더라구요, 영순이 혼자 산다는 걸 그래서 알았죠."

언젠가 셋이서, 그것이 희옥의 부친이 돌아가셔서 시골에 하루 머물 때였다. 밤늦도록 수다를 떨다가 화두가 어린 시절로 옮겨갔다. 교육자인 엄격한 부친 밑에서 자란 희옥은 순종적이었고, 농사짓는 부친 밑에서 자란 영순은 매사 반항적이었다는 말을 듣고는 어린 시절 환경이 사람의 기질을 결정짓는다는 걸 알았다.

작은 서점을 카페로 운영하는 영순은 많은 사람과 어울리며 활달하고 적극적인 성격이고, 논술학원을 운영하는 희옥은 차분하면서도 말수가 적었다.

영순은 루마니아 작가 게오르규를 들먹이며 으스대듯 말했다.

"옛날 잠수함에는 이산화탄소를 제어할 필터 장치가 없었어. 그래서 후각이 예민한 토끼를 싣고 다녔대요. 실내에 이산화탄소가 가득 참을 느끼게 되면 토끼의 귀에 핏대가 서는 등 심각한 반응을 보인대. 그걸 보고 잠수함은 수면 위로 떠올라 환기를 했대요. 시인은 잠수함의 토끼처럼 사회의 부조리한 현상에 대해 남보다 먼저 알고 반응을 해야 한다고 했어. 난 그 말에 전적으로 동의해요."

시 강의가 작품 실기의 과정에 들어서자 버거워하는 수강생들이 서서히 빠져나갔다. 28명이었던 수강생은 6개월의 마무리 무렵 10명도 채 남지 않았다. 그녀들의 독려와 응원이 아니었으면 나도 물속에서 방귀 뀌듯 슬그머니 사라졌을 거다.

윤태규 시인은 자기만의 세계를 가지고 있는 사람은 이미 시인이라고 했다. 많은 사람이 공감할 수 있는 작품이 좋은 시라고 했으나 정작 윤태규의 시는 난삽해서 나로선

이해하기 어려웠다.

강좌가 끝나고도 우리 셋은 정기적으로 윤 시인의 지도를 받았다. 매달 첫 토요일 희옥의 학원에서 합평회가 있었다. 난 그 당시 시를 쓸 여유도, 자신도 없어서 작품을 자주 못 냈지만 남의 시를 읽고 평가하는 것도 공부라고 부추기는 바람에 합평회는 빠지지 않았다.

두 사람이 서로의 시에 대해 평가한 적이 있었다. 희옥은 영순의 시에 대해 자유를 위한 저항의 이미지가 좋다고 했다. 확실히 그녀의 시에서는 현장을 쫓아다니며 체득한 생각과 의지를 생경하리만치 저돌적인 언어로 독자들의 잠자는 이성을 깨웠다. 영순은 희옥의 시에 대해 존재의 근원을 찾는 유랑 이미지를 높게 평가했다. 두 사람은 보이지 않은 라이벌 의식 속에서 성장해 갔는데 숨겼던 날카로운 발톱을 먼저 드러낸 것은 영순이었다.

노을이 짙게 덮인 미세먼지를 붉게 태우던 날, 영순의 카페 '문학의 정석'에서 합평회 뒤풀이를 할 때였다. 윤 선생은 시의 효용에 대해 물었다. 난 작품을 쓰지 못하는 변명으로 나를 찾는 일이 우선이고, 좋은 독자가 되기 위해서 시를 공부한다고 했다.

희옥은 시는 아픈 영혼을 달래주는 진통제 같은 것이며 스스로 만족하는 일이라 했다. 산야의 들꽃처럼 알아주는 사람이 없어도 시를 읽고 쓰면서 위안을 받을 수 있으면 그만이라고 했다. 혼자 만족하기 위해 쓰는 희옥의 시는 윤태규 시인을 닮아가고 있었다. 식사 때 곁들인 반주의 영향인지 조금은 들떠있던 영순이 차례가 되자 얼굴빛을 바꾸며 당돌하게 말했다.

"잠자는 민중의 이성을 깨워 대중을 움직일 수 있는 것이 시라고 생각합니다. 그래서 때로 문학은 권력이 되기도 합니다. 시는 정의와 진실. 즉 공동선을 지향해야 한다고 생각해요. 그게 고귀한 생명의식을 고양하는 길이기도 합니다. 시대정신을 외면하고 저 혼자 꽁냥꽁냥 좋아 나불대는 시는 쓰레기고, 좀 속된 말로 자위행위 아닙니까?"

소름이 돋을 만큼 도발적인 디스였다. 의기양양한 그의 표정으로 보아 실언이 아니라 의도적인 공격임이 분명했다. 처음엔 그것이 희옥에 대한 직사포라고 생각했으나, 윤 시인의 표정을 보고 난 후 궁극적으로 윤태규를 향한 시위라고 생각을 고쳤다.

버릇없이 구는 것이 투정이라는 것을 진즉에 파악한 윤 선생은 그냥 대수롭지 않은 듯 태연하게 응수했다.

"수학에는 풀어가는 공식이 있지만, 문학에는 정석이 없습니다. 추상화를 이해할 수 없다고 그림이 아니라고 비난해선 안 되지요."

영순은 자신의 말이 과한 것에 대한 미안함 때문인지 아니면 윤태규의 역린을 건드린 것에 대한 쾌감을 느낀 것인지 알 수 없는 웃음만 흘렸다.

영순은 자신의 신념대로 문학을 종교처럼 생활화했다. 그때가 세월호 사건이 일어나고 진상을 밝히라는 시위가 한창일 때였다. 영순은 광화문으로, 팽목항으로 뛰어다니며 마이크를 붙들고 민족저항 시인의 시를 낭송하며 울분을 토해냈다.

어디서 많이 듣던 음악 소리가 명상을 깨트린다. 시계를 보니 체온과 몸 상태를 체크하는 전화다. 휴대폰을 열면서 체온계로 열을 재니 미열이 있다. 나는 바락 겁이 나는 것을 누르면서 차분하게 말했다.

"체온이 36.9가 나오는데 몸은 가벼워요."

"다른 증상은요? 기침이 난다거나 후각, 미각은 괜찮아요?"

재채기 말을 하려다가 돌아올 말이 두려워 눈을 질끈 감으며 시치미를 뗐다.

"아직 아무런 증상 없어요."

"2시간마다 창문 열어 환기하시고, 소독제 계속 뿌리고 있죠? 그리고 내일 보건소에서 검사받는 거 잊지 마세요."

검사라는 말이 마음에 걸려 찜찜했다. 갑자기 집안의 공기가 목을 조이는 것 같다. 나는 침실과 거실, 서재, 주방

등으로 휘저어 다니며 밖으로 통하는 모든 창문을 열어젖혔다. 사방에서 바람이 쏟아져 들어온다. 눈을 감고 심호흡을 하며 그 시원함을 온몸으로 느끼는데 음습한 예감이 비수처럼 번뜩였다.

만약에 내가 확진으로 판명되면 어떻게 하지? 나는 여러 번 고개를 젓고 나서 황망하게 돌아다니며 창문을 닫았다. 그리고 소독제 통을 들고 넋 나간 사람처럼 손잡이를 마구 누르며 휘둘렀다.

분사된 소독제의 비말이 먼지처럼 내려앉자 시체처럼 침대에 누웠다. 만약에 내가 죽는 상황이 되면 어떻게 될까? 생명이 끊어지면 난 즉시 화장터로 갈 것이고 가족들은 내 시신도 마주 못하고 이별하겠지? 이제 다 큰 자식들이지만 한동안은 저마다 가슴 한쪽에 허전하고 시린 기억을 품고 살아갈 거고. 남편은 얼씨구 좋다 하고 새 장가를 들 것이 분명하다. 허나 어머니는 날 가슴에 묻고 얼마나 슬퍼할 것인가?

내가 당장 의식이 없어진다면 명품 가방 사려고 몰래 들어놓은 적금은 발견되겠지만, 경숙이 아파트 살 때 빌려간 돈, 복희에게 맡겨 운영하는 주식 거래 내역은 아무도 모르는데 순순히 돌려줄까? 내가 총무를 맡은 친목회 돈도 분쟁의 소지를 없애기 위해 핸드폰에라도 기록해 놓아야겠다. 그러고 보니, 아, 이런. 내가 남겨둘 것은 돈뿐이야? 죽음의 상황에서도 돈 생각만 하다니. 나란 인간도 참…….

격리에서 벗어나면 제일 먼저 친정엘 다녀와야겠다. 창문을 열지 않아도 늘 갯내음으로 가득 찼던 내 유년의 방. 주어온 예쁜 조약돌들과 자그만 껍질들을 주어 만든 조개 목걸이. 남자애들한테 받았던 뿔소라와 예쁜 고동껍질은 다 어디로 갔을까?

물질 가는 어머니를 따라갔다가 얕은 물가에서 헤엄치는 방법을 혼자 터득할 요량으로 버둥대다가 해류에 쓸려 깊숙한 곳으로 빨려들어 갔던 아찔한 순간을 생각하면 지금도 오금이 저린다. 그때 엄마가 조금 늦게 발견했다면 난 이 세상 사람이 아니었을 것이다. 죽음이 이렇게 우리 주변 곳곳에서 아가리를 벌리고 있다는 것을 그때 알고는 한동안 바닷가 근처엔 얼씬도 못 했다.

인간이 허망하다는 것은 고등학교 다닐 때 알았다. 어릴 적부터 전교 1등을 놓치지 않아 수재라고 칭찬이 자자했던 오빠. 서울대에 입학했을 때 경사 났다고 마을 잔치까지 했었다. 하나뿐인 누이를 방학이면 서울로 불러올려 구경시켜 주고, 시집도 사서 보내주고. 그래서 시인이 되는 꿈도 꾸었었다.

그렇게 끔찍이도 아껴주던 오빠였는데, 사법고시 붙고 연수원을 마치던 날 청천벽력 같은 소리가 들려왔다. 술자리 끝내고 귀가하다가 지하철 난간에서 떨어져 죽었다는 소식을 들었을 때의 절망감이란. 정말 하늘이 무너지는 것을 보았다. 총명하던 오빠의 실체는 사라지고 마주한 것은 조각으로 남은 살덩이들. 그 충격으로 몸져누웠다가 영영 일어나지 못하고 오빠 곁으로 간 아버지. 의식이 없으면 인간의 몸은 삭은 나뭇가지보다 못하다는 것을 알았다.

인간의 과욕이 퍼뜨린 바이러스. 200년에 걸친 십자군 전쟁은 향료와 보석들과 동방의 문물을 약탈해 가면서 나균과 페스트균까지 서구로 옮겨서 6천만 명의 유럽 인구가 사라졌다고 했다. 결국 인간의 욕망 때문에 전쟁이 일어나고, 세균과 이상기후의 팬데믹에 의해 인류는 멸망할 거라는 어느 미래학자의 말이 떠오른다.

따지고 보면 그 사건도 한 인간의 꿈틀대는 욕망에 배배 꼬인 질투가 얽히면서 만들어졌다.

영순이 카페 이름을 '카이로스의 시간'으로 바꾼 것은 윤태규 시인의 강의를 들은 후였다. 제우스가 절대적 시간을 관장하는 크로노스를 죽이고 신들의 우두머리가 되면서 그리스의 신들은 영생불멸의 존재가 되었다. 그러나 인간은 지난한 삶 속에서 병들거나 갖은 고통에 허덕이며 늙고 죽어가는 시간의 노예였다. 이를 안타깝게 여긴 제우스의 아들 카이로스가 인간에게 선물을 주었는데 자신을 알아보고 붙잡은 사람에게는 시간을 잊어버리게 하는 묘약이었다. 불안, 걱정과 삶의 아픔까지 잊을 수 있는 시간이다.

내부구조도 리모델링 했다. 작은 공간을 잘 활용해 문학서적들을 진열했고 한쪽 구석에 간단한 음료와 맥주를 마시며 대화를 나눌 수 있는 탁자도 몇 개 놓았다. 사람이 많이 모이는 밤에는 가게 앞에 두 개의 파라솔도 펼쳤다. 책을 팔기도 하지만 맥주가 매출의 대부분을 차지했다. 말이 북 카페지 책이 서재에 장식처럼 꽂혀 있는 간이주점이었다. 저마다의 고달픈 현실을 잠시 잊고 순간의 행복을 느끼고 싶은 사람들이 그곳을 찾았다. 영순은 하얀 피부가 돋보이는 짙은 색 야한 옷을 입고 감실거리는 눈웃음과 나긋나긋한 말솜씨로 손님들 사이를 오갔다. 그들에게 영순은 카이로스였다.

그렇게 여우 같은 영순에게서 인간적인 면모를 본 것은 희옥의 학원에서였다. 논술학원에 다니는 종효가 교통사고로 다리를 다쳐 한동안 걷지를 못했다. 아들을 업고서 학원에 데리고 다니던 어느 날 영순을 만났다. 희옥과 이야기를 나누던 그녀는 깁스를 한 종효를 보자 놀라며 심각한 표정을 지었다.

"아니 어쩌다가?"

"킥보드 타다가 달리는 차 밑으로 들어갔지 뭐야? 영영 병신 되나 했는데 그나마 이 정도도 다행이지."

말이 끝나기도 전에 영순은 표정을 일그러뜨리더니 눈물을 주루룩 흘렸다. 영문을 모른 희옥과 나는 얼굴을 마주 보고 있었는데, 그녀는 짙은 갈색 핸드백에서 가제 손수건을 꺼내 눈물을 닦고 코까지 풀었다. 그리고는 지갑에서 지폐 몇 장을 꺼내 의자에 앉아있는 종효에게 다가가 내밀었다. 종효가 뻘줌해서 머뭇거리자 돈을 쥐어주고는 두 손을 마주 잡았는데 여전히 눈가에는 눈물이 그렁그렁 매달려있었다.

"조심해야지. 자 이모가 주는 용돈이야."

"무슨 돈을 그리 많이 줘?"

"아니에요. 언니, 미안해요. 저 약속이 있어서 먼저 갈게요."

말을 하며 주섬주섬 소지품을 챙기더니 뒤도 돌아다보지 않고 서둘러 나갔다. 뜨악한 표정을 짓는 내게 희옥이 말했다.

"억척같아 보여도 성정은 따뜻한 애예요. 나 이 학원 개업할 때도 돈이 부족한 걸 알고 무이자로 일 년을 빌려줬어요."

공부를 시작한 지 이태 후에 우리 셋은 나란히 등단했다. 기뻐하는 우리에게 윤 시인은 등단은 보이지 않은 적들과의 전장에 뛰어든 것이고, 늘 깨어 있지 않으면 시인이라는 칭호는 한낱 빛바랜 브로치에 불과하다고 했다. 희옥과 영순은 윤 시인의 권유로 방송통신대학에 진학해서 문학 수업을 계속했지만 난 직장과 두 아이의 양육 때문에 시간을 낼 수 없어 1학기를 제대로 다니지도 못하고 포기했다.

윤 시인에게서 석지호란 필명을 얻은 영순에게 등단은 날개를 달아준 꼴이었다. 등단 소식이 알려지자 '카이로스의 시간'에는 밤늦게까지 많은 사람이 드나들었다.

동네 문인들은 물론 의사, 변호사, 작가들, 언론사 기자들 주로 화이트칼라 계층의 사람들이 단골이라고 했다. 주인이 시인이고 예쁘기도 했지만, 아무래도 돌아온 싱글이라는 것에 방점을 찍은 고객들이 많았을 것이다.

지호가 자신을 홍보하는 데 이용한 것이 SNS였다. 그녀는 페이스북에 천 명이 넘는 팔로워를 가지고 있다고 자랑했다. 그 페친을 관리하기 위해서 하루에도 서너 번씩 휴대폰으로 사진을 찍고 글을 올렸다.

나도 한때는 그녀의 게시물을 보면서 하루를 시작했다. 가끔 자신의 덜 익은 시나 유명한 시인의 시들, 북 카페에 진열되어 있는 책 소개는 봐줄 만했지만, 대부분은 시시껄렁한 것들을 포스팅했다. SNS의 속성이 그렇기도 하지만 이를테면 자신이 먹는 음식, 색 바랜 추억 사진, 받은 선물

자랑 따위 같은 것이었고, 가끔 정치적 이슈에 대해서는 과민한 반응을 드러내기도 했다. 잊히는 게 두려워선지 자신의 얼굴 사진은 꼭 붙여넣었고, 그러한 잡다한 것들을 올리는 데도 '좋아요'를 누르는 팬덤은 기백 명이나 됐다.

언젠가 그녀가 빙판길에 넘어져 입원했을 때였다. 깁스해서 손가락을 못 쓰게 되자 심한 불안감에 신경질 등 강박 증세를 보였다. 보다 못한 명수 씨가 그녀가 원하는 사진을 찍어주고 불러주는 대로 써서 대신 포스팅 해주는 것을 보았다. 그녀는 심한 SNS 중독자였다.

지호에게 바람을 집어넣는 일에 장명수 씨도 한몫했다. 나와 동갑인 그는 시내 대형 마트에 전자제품 대리점을 내고 있었지만 가게는 직원에게 맡겨놓고 유튜브 방송에 전념했다. 그 해에 정권의 무능을 규탄하는 촛불 시위가 주말마다 이어졌다. 지호는 시위에 참석하느라 합평회도 자주 빠졌다. 지호가 연단에 올라 대중들을 선동하는 주장을 펼치면 명수 씨는 유튜브 방송으로 중계했다. 여전사처럼 포효하는 지호의 동영상은 시위 참여자들의 입에서 입으로 퍼져 구독자 수가 1만 명을 훌쩍 넘었다. 팬덤이 만든 영웅이었다.

석지호가 한층 대담해졌음은 가슴골과 하체의 골격이 드러나는 파격적인 옷차림에서도 알 수 있었다. 그녀는 몸매를 가꾸기 위해서 헬스장엘 다녔고 운동하는 모습을 방송으로 내보내기도 했다. 명수는 인터넷 방송에 유명 인사를 초대해놓고 지호를 붙박이 MC로 활용했다. 내로라하는 시인, 소설가들과 친분을 유지하면서 얻은 정보, 이를테면 사적인 러브스토리, 문인 간 친소관계, 기행이나 야사 같은 것을 방송으로 내보내면 지호의 팬덤은 열광했다. 문학 방송을 진행하던 윤태규 시인도 애교 전략에 넘어갔는지 석지호를 자신의 프로그램에 출연시켰다. 석지호는 신데렐라처럼 나타나 단박에 유명 인사가 됐고, 모 정당의 청년위원으로 영입됐노라고 자랑했다.

시 공부를 게을리하는 석지호를 윤 시인은 은근히 걱정했다. 지호가 합평회에 빠진 날, 이카루스의 무모한 비행에 대해 얘기했다.

"이탈리아 크레타 섬에 다이달로스라는 신이 살았는데 어느 날 자신이 만든 미궁에 아들 이카루스와 함께 갇히게 되었어. 다이달로스는 섬을 탈출하기 위해 자그만 창문으로 날아드는 새의 깃털을 모아 밀납으로 붙여 커다란 날개를 만들었지. 그리고는 이카루스 등에 날개를 붙이며 당부했어. 너무 높게 날지 말아라. 태양에 가까우면 밀납이 녹아서 추락하게 되니까. 허나 섬을 빠져나온 이카로스는 부친의 충고를 잊은 채 마냥 높이 날아오르다 결국 추락해서 죽음을 맞이했어. 인기는 허상이고 팬덤은 유령이야."

그 말을 지호에게도 해주었는지는 모르겠으나, 윤 시인

이 우려했던 상황은 현실이 됐다.

그렇게 다정했던 우리의 사이가 파탄 나게 된 것은 모 신문사에서 공모하는 문학상 때문이었다. 엄청나게 많은 상금 때문에 중견 시인들도 눈독을 들이는 상이어서 경쟁이 치열했다. 여러 번 응모하던 두 사람이 어느 해 나란히 본선에 올랐으나 당선은 다른 시인의 몫이었다. 분개하는 지호에게 윤 시인은 최종심까지 올랐으니 다음번을 기대해보자고 위로했다.

그런데 이듬해 신문에 난 당선자는 석지호가 아니라 정희옥이었다. 예선 심사에 윤태규 시인이 참여했다는 사실이 알려지면서 지호의 구겨진 오기는 여기저기로 불똥을 날렸다. 당선자가 정희옥이었기에 자존심에 참을 수 없는 상처를 입었을 거라고 짐작은 했다.

발표가 난 날 희옥이 당선 턱을 내겠다고 했을 때, 지호는 전화도 받지 않았다. 저녁을 먹고 우리는 지호를 위로하려 카페를 찾았다. 문 닫기 이른 시간인데도 지호의 기개처럼 찬란하게 반짝이던 네온은 하얗게 식어 있었고, 버티컬 틈으로 보이는 내부는 태고의 용암 동굴 속처럼 그윽한 침묵에 잠겨있었다. 윤 시인을 보내고 희옥과 난 지호의 집을 찾았다.

유리창 커튼 사이로 희미한 불빛이 새어 나오는 것으로

봐서 지호가 안에 있는 게 분명했으나, 전화기는 꺼져 있고 벨을 누르고 문을 두드려도 끝내 얼굴을 보이지 않았다. 하릴없이 우리는 가지고 간 소국 화분을 문 옆에 두고 돌아왔다.

"아니, 뭐 주고 뺨 맞는다더니 이럴 수 있는 거야?"

사흘 뒤엔가 윤태규 시인이 흥분한 목소리로 희옥의 학원에서 보자며 전화가 왔다. 지호가 사고 친 것을 단박에 눈치챈 나는 반일 연차를 내고 학원으로 달려갔다.

학원의 문을 열자 향기로운 꽃냄새가 달려나와 나를 영접했다. 볕 잘 드는 창가 난간 주변은 리본이 달린 여러 종류의 화분이 차지하고 있었으나 강의실은 썰렁했다. 신발장에서 슬리퍼로 갈아 신고 사무실 문을 열었는데 몹시 상기 된 얼굴로 창밖을 응시하던 윤 선생의 충혈된 시선이 내게로 와 꽂혔다. 나는 목 인사를 하고 두리번거리며 희옥을 찾는데 윤 시인이 알아차렸다.

"어서 와. 볼일 있다고 잠시 나갔어."

해즐넛 커피 향이 자그만 사무실 안을 점령하고 있었다. 도착한 시간이 좀 됐는지 윤 시인 앞에 놓인 꽃장식 커피잔 바닥은 검은 물감을 발라놓은 것 같았다. 구석 싱크대 위에 있는 커피 기구로 다가서자 속을 내보이는 주전자 속으로 꼭지에 매달려있던 커피 한 방울이 뚝 소리를 내며 떨어졌다. 주전자는 아직도 온기를 품고 있었다. 잔을 찾아 커피를 따르며 윤 시인을 바라봤다. 창밖을 바라보며 생각에 잠긴 그는 분기를 삭히지 못하는지 새하얗던 목까지 붉었다.

"커피 한 잔 더 드릴까요?"

"두 잔 했어. 근무 시간에 불러내 미안해."

머그잔을 탁자 위에 놓고 허리를 접으며 양털방석이 놓인 푹신한 소파에 엉덩이를 묻었다.

"아녜요. 마침 시간이 남아서요. 헌데 무슨 일 있어요?"

향을 음미하며 커피 한 모금을 목으로 넘기고서야 윤 시인의 눈동자를 맞이했다.

"나도 좌파에 속하지만 진보를 자처하는 놈들 단점이 위선이고 배신이야. 싸가지없는 놈이 배은망덕도 유분수지. 인간도 안 된 것이 시인이면 무슨 소용이야?"

윤 시인은 형형한 눈빛으로 목울대에 힘을 주며 선연하게 적개심을 드러냈다.

"무슨 일 있으셨군요?"

"자식, 자기기 무슨 대단한 시인인 양 착각하고 있어. 운동권 노래 같은 나부랭이나 쓰면서. 나 참. 어이가 없네. 내가 본심 심사위원에게 로비했다는 거야. 난 두 사람 작품이 본선에 오른 것도 몰랐어. 응모작품이 워낙 많아서 세 명이 나눠서 예심을 보았지. 내가 본 것엔 희옥이 것도,

지호 것도 없었어. 이름을 가렸으나 그들 작품을 내가 왜 모르겠어? 헌데 어떻게 내가 힘을 써? 덜된 놈, 떨어졌으면 자신이 부족한 줄 알아야지. 심사위원들 찾아다니며 희옥의 시가 표절이라고 생난리야."

"표절이라뇨?"

윤 시인은 카키색 바바리코트 안주머니에서 구겨진 신문 조각을 꺼내 펼쳤다. 희옥의 당선 시였다.

"백석의 '남신의주 유동 박시봉방'이라는 시 알지?"

"언젠가 선생님이 강의하셨잖아요?"

"거기에 '내 어지러운 마음에는 슬픔이며, 한탄이며 가라앉을 것은 차츰 앙금이 되어 가라앉고' 이런 구절이 있거든. 이걸 표절했다는 거야, 희옥의 이 시 구절을 봐. '내 마음 구석 한편에 숨어 있던 서글픔이며, 외로움이며, 쓸쓸함 같은 것이 서로 다툼질하며 튀어나오고.' 봐 이 부분이 어떻게 표절이야? 언어구조가 비슷하다고 표절인가? 말도 안 되는 소리로 자신의 무식 파는 건 모르고. 쯧쯧."

건네는 신문 조각을 받아 다시 읽었으나 희옥이 좋아했던 백석의 시와는 사뭇 분위기조차 다른 내용이었다.

"덜된 놈. 내가 쓸데없는 짓 말라고 야단쳤더니, 글쎄 화살을 나한테 돌리는 거야."

"지호, 지금 제정신 아니잖아요?"

"아무리 그래도 할 소리, 못할 소리 구분해야지. 내 참,

어이없어서. 나를 고소한댄다?"

"고소라니 무슨 소리에요?"

"내가 성폭행했다는 거야."

이외의 소리에 말문이 막혔으나 아무리 생각해봐도 이해가 안 되는 말이었다.

"말이야 바른말이지. 지호가 혼자 좋아서 선생님 쫓아다니지 않았어요?"

"왜 아니겠어? 늘 나를 유혹하던 놈이 말야."

문이 열리더니 퉁퉁 부은 얼굴로 희옥이 들어왔다.

"무슨 일이야?"

"선생님. 저 상 반납할까 봐요."

"왜, 지호 만났어?"

"전화 받고 집으로 찾아갔어요. 화분은 산산조각 난 채 나뒹굴고 있었고, 문 안으로 들어섰는데 다짜고짜 내 뺨을 갈기는 거예요. 사기꾼, 상금 내놓으라며……."

"그놈 제대로 이성 상실했구만. 그런다구 반납해? 반납한다고 그 상이 그 애한테 가나? 절대 표절 아니야. 그놈 팬덤 좀비에 물려 망령든 거야."

끝내 참았던 눈물을 흘리며 희옥은 윤 시인을 걱정했다.

"선생님도 다 까발린대요. 인터넷 방송에서."

"나를? 흥! 마음대로 해 보라지. 난 꿀릴 거 없어."

엄포로 끝나는 줄 알았는데 석지호는 막장처럼 행동했

다.

혹시나 해서 장명수의 유튜브에 들어가보니 늦은 7시에 '나는 고발한다' 라는 방송 예고 기사가 떠 있었다. 나는 어떻게든 막아보려고 지호에게 연락했으나 설득하고 위로하는 내게 한통속이라며 전화를 끊었다. 장명수는 구독자들과의 약속 운운하며 상황을 즐기는 목소리였다.

인터넷 방송에서 석지호는 윤태규의 성폭행 문제를 일방적으로 주장했고, 그와 인연을 엮은 평론가, 시인이 패널로 참석해 기존의 미투 사건, 각종 문학상 심사 문제 등을 거론하면서 사태를 증폭시켰다. 방송은 큰 파장을 일으켰다.

'표절이 맞다 상 반납해라,' '무조건 지느님이 옳다.' '저들끼리 짓처먹고 개판이네.'…… 등의 댓글과 윤태규 시인을 매도하는 악풀들, 심지어 희옥의 조부가 친일파라는 근거 없는 얘기를 들먹이며 시시덕거렸다. 며칠 사이에 동영상 조회 수가 5만 뷰를 넘었고, 비난 댓글은 꼬리를 물고 끝도 없이 이어졌다. 팬덤은 몰려다니며 희옥의 휴대폰과 SNS에까지 욕설로 도배를 했으나 희옥은 SNS를 차단하고 무대응으로 일관했다. 석지호는 끝내 윤태규 시인을 고소했다.

누군가 역대 수상자들과 붙박이 심사위원들과의 인연 등 품앗이 정실 심사의 확증 자료라며 내밀고 폭로하면서 문제는 더 커졌다. 결국 신문사는 이듬해부터 심사 규정을 바꾸고 심사위원 전원을 교체하겠다는 사과의 글을 실었다.

희옥은 그런 수모에도 상금의 일부를 지호에게 보내고 산티아고로 떠났다. 윤태규 시인은 오랜 재판 끝에 무죄 판결이 났지만, 이미 불륜이라는 낙인이 찍혀 더 이상 강단에 설 수 없었다. 얼마 후, 윤 시인이 학교에 사표를 던지고 인도로 떠났다는 소식을 들었다. 카페 '카이로스의 시간'의 네온도 다시 켜지지 않았다.

'꽃이 피는 건 힘들어도 지는 건 님 한 번 생각할 틈 없이 잠깐'이라던 시가 생각났다. 그 일 이후 난 시 한 줄은 커녕 시집조차 가까이하지 않았다.

몇 달 전, 밥솥이 고장 나 새것을 사려고 마트에 갔다가 장명수 씨를 만났다. 널찍한 영업장은 TV 모니터에서 나오는 음악 소리만 요란할 뿐 한산했다. 직원 없이 그가 직접 영업을 뛰고 있었다.

"요즘 유튜브 잘 돼요?"

종이컵 커피를 들고 온 그에게 인사처럼 물었는데 명수 씨는 씁쓸하게 웃었다.

"모르셨어요? 그 사건으로 방송 퇴출당하며 벌금도 많이 냈고 일 무마하느라 돈 많이 썼어요. 헌데도 지호는 유튜브 광고수익금 내놓으라고 억지 부리지 뭡니까? 그러다가 절교를 선언하더라고요. 아주 나쁜 여자예요. 빌려 쓴 빚 다 못 갚아 이 가게도 내놓았어요. 두고 보세요. 나 가만 안 있을 거예요. 난 석지호 과거 다 알고 있어요. 정의의 투사 좋아하네. 흥! 그거 다 위선이에요."

그 사건으로 석지호는 더 유명해졌고 어느 국회의원 보좌관으로 일하고 있다고 했다.

희옥은 산티아고 여행 후 대학원 진학해서 대학 강단에 서고 있지만, 윤태규 시인의 소식은 희옥도 모른다고 안타까워했다.

휴대폰 음악벨 소리에 잠이 깼다. 주변이 어두컴컴한데 액정에는 정희옥의 이름이 빛나고 있었다. 난 전등 스위치를 켜며 재채기가 올라오지 않게 심호흡을 하고 통화 모드로 손가락을 움직였다.

"언니, 알아냈어. 왜 지호가 자살했는지."

"자살? 아니 무슨 선거에 나선다고 방송에서 들은 것 같은데?"

"그게 화를 부른 거죠. 세상에 비밀이 어딨어요? 글쎄. 아들이 장애를 가지고 태어났나 봐요. 헌데 그 불쌍한 어린 것을 죽이고 도망쳤다지 뭐예요?"

"아니 인간이 어떻게? 세월호 사건 났을 때 그렇게 생명

의식이니 정의니 저 혼자 도덕적인 척하더니만? 그거 믿을 만한 거야?"

"전 남편이라는 분이 직접 유튜브 방송에 나와 말했다는데 거짓이겠어요? 그러니 유서도 안 남기고 아파트 옥상에서 뛰어내린 거죠."

"저런. 혼자 살겠다고 그렇게 몸부림치더니 죽긴 왜 죽어?"

"언니. 인터넷에 석지호 쳐 봐요. 아주 난리 났어. 그걸 보지 말았어야 했는데……."

팬덤은 좀비라던 윤 시인의 말이 떠올랐다.

"지호의 날개 깃털들이 단 한 번의 찬바람에 흩어졌구나?"

"그러게요. 언니, 늦은 시간이지만 아무래도 장례식장에 다녀와야 할 것 같아."

"잘 생각했어. 나도 가 봐야 하는데 상황이 안 돼. 부조 부탁해. 바빠서 이만. 에이~취."

전화를 끝내기도 전에 재채기가 뿜어져 나왔다. 희옥이 들었을까? 휴지로 콧물을 닦는데 씁쓸한 웃음이 나온다. 나도 참! 이것이 무슨 흉이라고?

'욕망의 새는 태양으로 날아가고…….'

누워 있던 인공지능 로봇에 파워 버튼이 켜진 듯 온몸에 짜릿한 전류가 흐르더니 잠자던 의식이 깨어났다. 시가 쓰고 싶다. 거추장스러운 사슬을 다 끊어버리고 혼자서 여행도 해야겠다. 숨지 말고 드러내며 살라는 소리가 들린다. 아직 늦지 않았어.

그런데, 부음을 듣고 이렇게 활력이 솟는 것은 내게도 남은 시간이 많지 않다는 전조일까? 잦은 재채기며, 내일 검사가 두렵다. 심장은 텅텅거리고 열이 나는 것 같다. 황급히 체온계를 찾아 집어 들며 기도하듯 중얼거린다.

'카이로스, 제발 나 좀 구해줘!'

『제주펜』 엔셀로지 18집(2021년 9월) **수록**

ㅎ ㅜ ㄱ ㅏ ㄱ ㅇ ㅡ ㅣ ㄱ ㅣ ㅇ ㅓ ㄱ

후각의 기억

후각의 기억은 의식되지 않은 채 저절로 쌓인다.*

이게 무슨 냄새지? 코를 아무리 킁킁거려도 며칠 전부터 집안을 감도는 냄새의 정체를 모르겠다. 해피의 몸에서 나는 것 같기도 하고 밖에서 흘러드는 것 같기도 하다. 코로나에 감염되어 음압병실에 갇혀 있던 동안 내 후각에 이상이 생긴 게 분명하다. 그때 지구를 떠났어야 했는데. 그랬으면 자식들에게 장례비라도 남겼을 것을. 나는 무거운 몸을 일으켜 창가로 갔다. 창밖에는 자욱한 안개가 시간을 지우고 있다. 닫는 창문을 비집고 음습한 안개가 기어들어왔다. 대나무 숲을 훑으며 들어온 안개 속에선 언제나 음모의 냄새가 났다.

인간은 누구나 동전 크기의 코 윗부분에 오백만 개의 세포대가 있는데 여기서 냄새를 구분한다. 개는 인간보다 오십 배의 세포를 갖고 있다. 보르네오의 작은 곰은 일천 배의 후각 세포를 갖고 있어서 바람에 실려 오는 꿀 냄새를 맡고 멀리 있는 높은 나무 위의 벌집을 찾아낸다. 나는 어릴 때부터 개코라고 할 정도로 냄새를 잘 맡았다. 방귀 뀐 놈 제일 먼저 알아내는 것은 기본이고, 옆집에서 흘러들어온 매캐한 냄새를 맡고 화재 날 뻔한 일을 막은 일도 있다.

코로 들어온 냄새는 뇌 속에 저장되어 사람을 기억하고 구분하는 인자가 된다. 향수 하면 바람둥이 외삼촌이 생각나고, 분 내음이 나면 곱게 치장하여 면사포를 걸친 막내고모가 연상된다. 아버지의 몸에선 언제나 비릿한 피와 술에 찌든 역한 냄새가 났다. 한밤중 자다가도 아버지가 방에 들어서면 눈을 뜨지 않고도 금방 알아차렸다. 아버지는 가축 밀도살업자였다. 우리 마을뿐만 아니라 이웃 동네에서도 추렴할 때는 아버지를 모셔 갔다. 자존심 다 버리고 자식들을 먹여 살리기 위해 밀도살을 업으로 삼았다. 자라면서 피장이 아들이라고 놀림도 많이 받았지만 아버지 덕분에 어렸을 적부터 고기는 실컷 먹었다. 아버지는 가축 영혼들의 극락왕생을 위해서 도축하기 전 꼭 촛불과 향을 켜놓고 제를 지냈다. 미물이라 할지라도 생명을 도륙하는 혐오스러운 일을 아버지는 제사장처럼 경건하게 해냈다. 남들은 우리 아버지를 손가락질하지만 나에겐 수호신과 같은 분이다. 어떤 역경이 닥쳐도 아버지를 생각하면 못

할 게 없다. 그래서 난 집안을 들고날 때마다 마루 벽에 모셔놓은 영정 사진에다 꼭 허리를 굽힌다.

점심 먹은 게 소화가 안 되어서 뱃속이 더부룩하다. 밥 생각은 없고 술이나 한잔 해야겠다싶어 냉장고 손잡이를 잡아당겼다. 냉장고가 열리자 시원한 냉기와 함께 무슨 냄새가 쏟아져 나온다. 저장된 기억에 의하면 큼큼한 냄새가 분명하다. 바코드를 스켄 하듯이 찬찬히 냄새의 근원을 찾는다. 먹다가 비닐봉지에 담아둔 구운 고등어 조각, 투명 플라스틱 용기에 붉게 침전해 있는 김치가 나를 멀뚱하게 바라본다. 시내에 사는 딸이 쟁여 놓은 반찬 용기들 중에 볶은 멸치와 지진 두부, 검은콩자반과 구겨진 채로 뒤엉킨 꽃멸치가 시큰둥한 표정이다. 뚜껑이 잘 닫히지 않은 된장통, 반쪽 잘라먹다가 둔 사과가 거멓게 변하고 있다. 혼자 먹는 밥이고 끼니마다 챙겨먹는 것도 아니어서 반찬은 영 줄지 않는다. 된장 통과 지진 두부, 아래 포켓에서 싱싱한 고추 서너 개 꺼내고 문을 닫았다. 맥주잔과 젓가락을 들고 와 자리에 앉는데 의사가 당부하던 말이 생각났다.

"술은 끊으셔야 합니다. 이런 상태에서 음주하는 것은 생명을 단축하는 일이에요. 술을 드시면 약효는커녕 독이 된다는 것 아시죠?"

뚜껑을 따고 잔에 술을 붓는데 쓴웃음이 나왔다. '육십

너머 살았는데 더 살아서 무슨 낙을 보겠다고? 백 세 시대라고 하지만 젊어서 횡사 안 한 것만도 다행이지.' 생각하며 눈을 감고 벌컥벌컥 술을 목으로 넘겼다. 목구멍이 시원해지면서 금세 몸이 따뜻해지는 것 같다. 고추 한 개를 된장에 찍어 우두둑 씹었다. 매운지 어쩐지 맛도 모르겠다. 휴대폰이 울렸다. 액정에 '아들'이란 이름이 떴다. 이 녀석이 웬일이지? 그래도 반가워 저절로 입꼬리가 올라간다.

"아버지. 잘 계시죠?"

"그래. 아직 안 죽고 살아있다. 왜 그거 확인하러 전화했냐?"

"아니에요. 아버지, 내일 아침 비행기로 내려가려구요."

"뭐? 집에 온다구? 바쁜데 뭐 하러?"

"아무리 바빠도 며느릿감 소개는 미리 해야죠?"

이 녀석도 내가 오래 못 살 거란 걸 눈치 챘나? 아프다는 걸 딸애가 연락했나보다. 사시 합격하기 전에는 장가 안 든다더니. 뜬금없이 며느릿감이라니? 전화는 몇 마디 더 이어지다 끊겼다. 전화를 자주 걸어오지도 않지만 아들이란 녀석과는 대화가 길지 못하다. 잔소리가 심한 딸애와 달리 내가 뭐라 물어도 단답형이고 사근대지 못한다. 하긴 어렸을 적 비뚤어져 나갈까 봐 매를 때리며 키웠으니 애비에게 살가운 정이 있을 리 없지. 그래도 낮에는 변호사 사무실에 나가고 밤이면 고시 공부를 하는 억척이 있다. 대학 등록금 한번 내주지 못했는데도 제 어미가 죽은 후에는 꼬박꼬박 용돈을 보내는 정이 깊은 놈이다. 아들놈 혼자 두고 어찌 눈을 감을까 했는데 장가를 가겠다니 다행이다.

오늘은 술이 참 달다. 생각해 보면 영민이가 공부를 열심히 하면서도 판검사가 되지 못하는 것은 사법고시를 없애고 로스쿨 제도를 만들었기 때문이다. 없는 집에서 삼 년이란 시간을 더 투자하고 기다리기란 참으로 힘들다는 것을 위정자들이 알기나 할까? 내가 응원하는 sk와이번즈는 왜 맨날 지기만 하는지. 방송에는 왜 그리 보기 싫은 놈만 나와 설레발 까는지. 세상은 온통 분통 터지는 일뿐이다. 코로나 때문에 사람 만나기도 어렵다. 이러니 혼술을 안 할 수 있나. 혼자서 밥을 먹는 기분을 당해 보지 않은 사람은 모른다. 툭하면 아웅다웅 싸웠으나 아내가 있을 때와는 집안 공기부터가 다르다. 의사는 협심증으로 언제 심장이 멈춰 설지 모르니 강력하게 금주할 것을 권고했지만 울화병으로 속을 까맣게 태우느니 술병으로 세상 일찍 떠나주는 게 자식들에게도 이로운 일 아닌가? 다시 전화벨이 울린다. 냉동고 같던 휴대폰에서 열이 다 나니 오늘은 웬일이지?

"여! 김 선생. 참으로 오랜만이군, 나 전웅필일세. 잘 지냈지?"

저장되지 않은 번호여서 경계심을 갖고 통화버튼을 눌렀는데, 그의 목소리를 듣는 순간 머리칼이 쭈뼛 섰다. 갑자기 겨드랑이 냄새가 떠올랐다. 그놈은 많지 않은 머리카락에 늘 머릿기름을 바르고 다녔지만 역겨운 액취가 났었다. 그의 얼굴이 떠오르자 숨어 있던 분노가 다시 꿈틀거렸다. 그는 무척 반가운 목소리를 보냈으나 난 볼멘소리로 시큰둥하게 대답했다.

"무슨 일입니까?"

"김 선생, 부탁할 게 있어서 말이야. 전화로는 안 되고 만나서 이야기하세. 내일 아침 내가 그리로 가겠네."

살다 보면 다시는 보고 싶지 않은 철천지원수 같은 사람이 있는데 전웅필이 그런 놈이다. 살아온 시간을 채에 거르면 삭지 못하고 늘 추악한 어둠 속에 남아 있는 사람. 기억의 전시장에서 꺼내 파묻어버린 전웅필이 삼십여 년 만에 혼령처럼 전화를 걸어왔다. 내 전화번호는 어떻게 알았을까? 산간 마을에서 유유자적하는 나를 어찌 알고 찾아온다는 말인가? 하긴 인터넷 들어가 검색어 몇 번 치고 내비게이션 찍으면 못 찾아갈 곳 없는 세상이지. 그런데 부탁할 게 있다니? 오라, 교육감 선거에 나간다는 말이 돌던데 나보고 선거 캠프에 들어와 도와달라는 말인가? 그런 근본도 없는 놈이 교육감? 당치도 않고 어림없는 수작이지. 생각할수록 분노가 치민다. 난 그놈을 그대로 둘 수 없다. 회칼로 배때기를 쑤셔 창자를 갈기갈기 찢어발겨도 시원치 않을 놈. 그놈 때문에 내 인생이 망가졌는데 내게 한 행실을 잊었단 말인가? 오냐 어서 오너라. 내가 응징해 주마.

겉은 멀쩡하게 생겼지만 전웅필은 분명 악마의 탈을 쓴 놈이다. 그놈의 조상이 무슨 짓을 했는지 난 다 안다. 그놈의 핏속에는 조상 대대로 악마의 음흉한 유전자가 흐르고 있었다. 호적계 공무원 출신인 외삼촌은 그 집안 내력에 대해서 손금 보듯 훤하게 알고 있었다.

"그게 다 네 팔자소관이다. 어떻게 그런 놈과 엮였나?"

사건 소식을 들은 외삼촌은 단숨에 달려와서 누워있는 나를 위로하려는 건지, 원망하는 건지 넋두리하듯 혼자서 중얼거렸다.

"그놈의 고조부는 섬으로 귀양살이 온 양반에 딸린 노비로 입도 조가 됐어. 섬 처녀를 강제로 욕보이고 얻은 아들이 증조부인데, 워낙 성질이 패악스러워 동네 사람들을 두들겨 패고 재물을 빼앗고 괴롭혔다는 소문이 옛날이야기처럼 대대로 이어졌지. 조부는 3·1만세 사건 후에 일본 순사의 끄나풀이 되어 죄 없는 사람들을 고자질해서 죽게 했지. 부친이 전시영인데 조부의 덕으로 일본 순사가 되었어. 헌데, 어찌 된 건지 해방되고도 경찰로 남아 있더라고. 4·3 사태 때 토벌대로 참여해서 산 사람들 가족들 무고하게 죽은 사람이 한둘이 아니야."

배신과 밀고, 아부와 갑질의 적폐 유전자가 흐르고 있는 전웅필은 척결해야 할 암적인 존재다. 그런 놈이 교육감? 당치도 않은 소리지. 난 그놈을 저승에 함께 데리고 갈 것이다.

벌렁대는 가슴을 진정시키려고 했으나 떠오르는 건 오로지 그놈을 죽일 생각뿐이다. 흔적을 남기지 않고 조용히 없애버릴 방법이 없을까? 그래 엽기적으로 남편을 죽이고 시신을 조각내서 흔적조차 없앤 여자가 있었지. 마침 엊그제 처방받아 구입해 놓은 수면제가 있다. 그놈이 오면 커피에 수면제를 섞어 먹여야지. 그것을 먹고 잠이 든 다음에는 놈을 목욕탕으로 끌고 가는 건 일도 아니지. 가위로 그가 걸친 옷가지를 제거한 후 발가벗기고 미리 준비한 전기톱으로 육신을 수십 개로 토막 내어 믹서기에 갈아 하수구에 버린다. 오 이런. 그 비릿한 피 냄새. 난 참을 수 없을 거야. 방재용 비닐 옷, 마스크, 얼굴가림 투명 캡, 전기톱…… 준비할 것이 많아 번거롭고 시간이 없다. 더 쉬운 방법이 없을까?

그놈은 차를 가지고 올 것이다. 수면제를 먹고 잠이 든 놈을 그의 차에 태우고 멀리 몰고 가서 절벽 아래로 함께 떨어져 이승에서의 생을 마감하자. 나의 오랜 불면증과 우울증이 다른 사람에게 해악을 끼치기 전에 함께 조용히 사라져버리자. 나쁜 놈 하나 없애는 것으로 내가 이 세상에 온 빚을 갚는 거다. 죽음을 결심하자 몸이 부르르 떨렸다.

인간이 먹는 게 나이뿐이랴. 오래 살수록 죄업이 쌓이는 건 피할 수 없는 일 아닌가? 그놈은 자신의 야욕을 채우기 위해 또 다른 범죄를 획책하고 있음이 분명하다. 정의사회 구현을 위해서라도 쓰레기는 치워 없애야지. 그런데, 사람들은 내 행동을 이해해 줄까? 영민이가 눈에 밟힌다. 그놈 장가드는 것은 보고 가야 하는데. 며느리는 어떻게 생겼는지? 갑자기 갈증이 밀려온다. 나는 맥주 컵에 가득 채운 소주를 막힌 목구멍을 뚫기라도 하듯 벌컥벌컥 부어 넣었다.

중학생 때 그를 처음 만났다. 그는 같은 울타리 안에 있는 고등학생이었는데 일진의 일원이었다. 난 지금도 생생하게 기억한다. 심부름을 하고 용돈을 아껴서 모은 돈으로 나이키 운동화를 사러 가던 날, 불행스럽게도 골목길에서 일진 애들과 마주쳤다. 덩치 큰 녀석들이 담배를 꼬나물고 먹잇감을 노리는 독수리처럼 나를 노려보는데 한 놈이 다가왔다. 그놈에게선 술 냄새가 났다. 난 돈을 안 빼앗기려고 거짓말하다 그놈이 내지른 발차기를 맞고 쓰러졌다. 그놈은 쓰러진 내 몸을 타고 앉아 바지 주머니를 뒤져 돈을 빼앗아 갔다. 그가 한 울타리에 있는 고등학교 야구부 1학년 전웅필이었다.

그는 저승사자처럼 내 앞길을 막아섰다. 대학교에 입학해서 지역문화를 연구하는 대학교 동아리에 들어갔는데 거기서 가정과 여학생 선영이를 만났다. 그녀에게선 늘 장미꽃 내음이 났다. 그 향기는 내 머리 속을 뱅뱅 돌며 이성을 마비시켰다. 그녀는 한자가 많이 섞인 철학 교재를 들고 내 하숙집에 찾아와서 음을 달아달라고 했다. 우리는 급속하게 친해져 캠퍼스 커플이 되었다. 그렇게 일 년이 지나던 날 동아리 행사 후 회식 자리에 전웅필이 나타났다. 그놈을 보는 순간 내 몸은 감전된 사람처럼 움직일 수 없었다. 그는 군 입대한 동아리 선배라고 했는데 나를 알아보지 못했다. 왜 몰라보지? 내가 그렇게 변했나? 정신을 차리고 태연한 척 인사를 했으나 자연스럽게 행동할 수 없었다. 그는 야구부 특기생으로 대학에 진학했으나 사정이 있어서 운동을 그만두고 군대를 갔다. 그 사정이라는 게 패싸움으로 사람이 죽었는데 군대를 도피처로 삼았다는 것을 선배가 말해 주었다. 대학 다닐 당시에는 '호헌철폐 독재 타도'를 외치며 시위가 한창이었다. 주말마다 시내 중심가에서 시위가 있었다. 그날도 으레 시국 이야기를 안주 삼았는데 술에 취해 나도 목소리를 높였다. 그런데 며칠 후 하숙집으로 형사가 찾아왔다. 정권을 비방한 죄로 경찰로 끌려간 나는 졸지에 시위 주동자가 되어 호되게 얻어맞고 반강제로 군 입대를 선택하게 됐다. 난 군 정보기관에서 녹화사업을 한다는 걸 입대해서야 알았다. 군인이 민간인으로 위장하고 학원가에 침투해서 반정부 불만 선동자나 시위 주동자를 색출 밀고하는 일을 한다는 것이다. 전웅필이 나를 해코지했다는 것을 확신했다.

구치소에서 풀려나온 며칠 후 시골집으로 입영통지서가 날아들었다. 고문으로 만신창이 된 몸을 추스르고 있는데 소식을 들은 선영이가 프리지아 꽃다발을 들고 시골로 찾아왔다. 반쪽이 된 내 모습을 보고 선영이는 눈물부터 보였다. 어머니는 입가에 웃음을 감추지 못하고 선영이를 흘깃거리면서 과일 한 접시 내밀고는 물질 간다며 자리를 비켜줬다. 어머니가 집밖을 나서자마자 우리는 누가 먼저랄 것도 없이 와락 끌어안았다. 선영이의 그윽한 장미꽃 향기가 내 모든 감각을 마비시켰다. 선영이와 함께 시내로 와서 하숙집 짐을 정리하고 술을 마셨다. 우리는 긴 시간동안 만나지 못하는 아쉬움을 눈물 섞은 술로 달랬다. 그리고 우리는 그날 밤 서로의 동정과 순결을 교환했다. 서로 딴마음 먹지 않기 위한 약속의 행위였다.

그러나 몸으로 맺은 약속도 오래 가지 않았다. 어느 날부터 편지가 뚝 끊겼다. 첫 휴가를 나와서 그녀 집을 찾아갔지만 선영이는 얼굴조차 보여주지 않았다. 국군장병 위문편지로 인연을 맺은 영숙이 없었다면 난 총기를 들고 탈영했을 것이다.

제대를 해 영숙이와 알콩달콩 지내고 있었는데 선영이가 전웅필과 결혼한다는 소식이 들렸다. 왜 하필 그놈이야. 그놈 때문에 내가 군대 끌려간 것을 알면서, 아 그 말은 못했구나. 편지가 끊긴 후에 알게 된 사실이니까. 그걸 알았어도 선영인 그놈을 택했을 것이다. 연애는 이상이고 결혼은 현실이니까. 그놈에 비하면 난 모든 면에서 초라했으니까. 그놈은 행실과 이력에 어울리지 않게 교사가 돼 있었다. 수호천사인 영숙이가 내 곁에 있었으나 그 소문을 들은 날부터 일주일은 술에서 헤어나지 못하고 몽롱한 정신으로 살았다. 그놈이 죽이고 싶도록 미웠다.

원수는 외나무다리에서 만난다더니, 대학을 졸업하고 교단에 섰을 때 전웅필을 다시 만났다. 하필 내가 근무하던 고등학교에 그가 교감으로 발령 났다. 그것이 내 인생이 바뀔 운명의 전조였다는 것은 알지 못했다. 나를 잡아가도록 밀고한 놈. 내 애인을 빼앗은 불구대천 원수 같은 놈. 그놈 얼굴을 매일 보느니 차라리 사표를 내고 싶었으나 그때 난 한 가정의 가장이었다.

인사 예고가 있던 날 퇴근길에 수학 전 선생, 체육 고 선생과 소주 한잔했는데 같은 과 동문인 고 선생은 전웅필에 대해 잘 알고 있었다.

"전웅필 조심해. 그 사람한테 찍히면 꼭 해코지를 당하니까."

고 선생의 말에 전 선생이 거들었다.

"그가 산남고에서 남긴 일화는 전설이 됐다면서요?"

"암. 산남고 체육 교사로 들어가서 야구부를 감독했는

데, 야구부원들 구타 문제와 학부모 분담금 횡령 문제로 결국 야구부가 해체되고 말았지. 헌데 교감이 교장으로 승진한다는 소식을 알고 그 자리를 노렸어. 사립학교는 경력순이 아니거든. 교감은 이사장의 인척이라 그를 통하면 승계할 수 있다는 생각에서 술자리를 자주 만들고 뇌물도 바치며 작전을 실행했지. 교감의 지시에 반항하거나 불만을 가진 동료 교사들은 조용히 불러내어 혼내기도 했고. 으흐흐. 근데, 교감 자리는 다른 사람이 차지했거든. 그러니 전웅필이 가만 있겠어? 교감과 먹은 술값과 밥값, 선물 구입비를 날짜별로 영수증을 첨부해서 교장에게 청구했지. 뇌물죄로 고소한다는 으름장을 놓고 출입문 옆에 놓인 소화기를 가져다 책상을 찍으며 협박했거든. 결국 그것을 다 받아내고서는 사표를 냈지. 헌데 사표를 당당하게 낼 수 있었던 것은 믿는 구석이 있었기 때문이야. 그는 유력한 현 교육감 선거 캠프에 자원해서 들어갔어."

"그런데 들리는 바로는 라이벌 후보 쪽에도 발을 들여놓았다던데요?

"암. 그렇게 간사하고 치밀한 놈이야. 결국 당선된 교육감이 그를 교육청 장학사로 특별 채용한 거야. 타고난 못된 DNA가 어디가나? 그는 휴일마다 몇몇 장학사와 승진을 앞둔 일선 학교 교감들 몇 명과 교육감을 위한 기쁨조를 만들었어. 해서 일정이 없는 주말이면 교육감을 낚시,

골프, 꿩 사냥 등으로 모시고 다녔어. 그래서 항간에는 그들을 미끼 교장, 캐디 장학사, 사농바치(사냥꾼) 교감으로 불렀지. 그는 골프 갈 때마다 한 박스의 공을 바치고 나이스 샷을 외치는 캐디 장학사로 소문이 났어."

전웅필은 발령 첫날부터 나를 교감실로 불러 아는 체했다. 잔인하게도 대학교 동아리와 사모님이 된 선영이를 들먹거리며 친분을 과시했다. 정작 사모님은 나를 볼 염치가 없을 것이다. 고무신을 거꾸로 신은 것은 그녀였으므로. 교감실은 머릿기름 냄새와 액취가 혼합된 역한 냄새 때문에 숨쉬기조차 불편했다.

내가 맡은 반 학생 중에 결석과 지각을 밥 먹듯 하고, 수업 시간에 잠만 자는 장효주라는 학생이 있었다. 소문에는 카페에서 알바를 한다고 알려졌으나 그 애를 잘 아는 친구도 없었다. 상담을 하려고 마주 앉으면 그 애는 침묵으로 일관했다. 가정환경 조사서도 쓰기 귀찮은 듯 빈칸이 많았다. 가족관계 난에는 할머니 한 사람만 기록되어 있었다.

사건이 일어났던 날 5교시 수업을 하는데 며칠 결석을 한 효주가 교실 뒷문을 열고 들어왔다. 나는 모르는 척 수업을 계속했고 효주는 맨 끝자리 책상에 엎드려 잠만 잤다. 웅성거리는 소리에 칠판에 판서를 하다가 뒤돌아보았는데 주변에 있는 학생들이 코를 막고 효주를 바라보고 있었다. 효주 옆자리에 앉았던 학생이 빈자리를 찾아 자리를 옮기자 애들은 낄낄거리며 소란스럽게 굴었다. 난 안 되겠다싶어 판서를 멈추고 효주 옆으로 갔다. 효주에게서는 이상야릇한 냄새가 났다. 향 사른 냄새에 담배, 달거리 냄새까지 섞여 역겨웠다. 아무래도 잠시 격리를 해야 할 것 같았다. '장효주' 하고 불렀으나 반응이 없어 어깨를 툭 건드렸으나 꼼짝도 하지 않았다. 효주를 비난하는 애들의 소리는 점점 커졌다. 난 은근히 부아가 치밀어 올랐다. '일어나' 하며 효주의 등짝을 손바닥으로 소리 나도록 갈겼다. 그제야 허리를 바로 세웠는데 책상에 물기가 흥건했다. 아차 하는 생각이 들었다. 효주는 얼굴을 숙인 채 고개를 들지 않았다. 그런데 복도를 지나가던 교감이 유리창으로 교실을 훔쳐보더니 뒷문을 열고 들어왔다. 그리고는 효주의 이름표를 확인하더니 코웃음을 쳤다.

"그 유명하신 결석 대장이구만? 그런데 여학생이 몸에서 무슨 냄새야? 아이구."

교감의 한마디에 애들이 자지러지며 웃었다. 난 허락 없이 수업에 끼어드는 것에 불쾌하고 자존심이 상했으나 꾹 참았다. 점심때 반주를 한 게 분명했다. 양치질은 했지만 내 후각을 속이진 못했다. 효주에게 상담실에 가 있으라고 했다. 효주는 머리를 숙인 채 뒷문으로 나갔고 교감도 뒤따라 나갔다.

사건은 그 후에 일어났다. 그리 길지 않은 시간이었다. 소란을 정리하고 수업에 한창이었는데, 교실 밖이 날카로운 비명과 함께 소란스러웠다. 효주가 옥상에서 뛰어내린 것이다. 그는 머리가 깨어진 채로 즉사했다. 효주는 자신을 키워주던 거동이 불편한 할머니 통원 치료와 병 수발 때문에 결석이 잦았고 먹고살기 위해 밤에는 카페에서 알바를 했다는 것을 재판 과정을 통해 알았다. 할머니의 장례를 치른 다음 날, 그도 할머니 곁으로 갔다. 효주는 여러 번 꿈속에 나타났다.

"날 창녀처럼 대하는 수치스럽고 모욕적인 언사를 참을 수가 없었어요."

"교감이 복도에서 불렀지만 난 쌩 깠어요. 그러자 달려와 뺨을 갈겼어요."

피어보지 못한 한 인생이 결딴났는데도 시치미를 떼며 태연한 전웅필이 정말 미웠다. 난 그를 여러 가지의 방법으로 죽였으나 그는 불사신처럼 살아나 나를 괴롭혔다. 학생과 동료 교사들의 탄원서에도 불구하고 자살 원인이 나의 폭행 때문이라는 재판의 결론으로 징역 6개월에 집행유예 2년을 받고 교단을 떠나야 했다.

그 일로 인해 난 쓰레기 같은 놈이 되어버렸다. 아내의 어깨도 축 늘어져 사람 만나는 것을 두려워했다. 실직 후의 생활은 끈 떨어진 연처럼 나락의 연속이었다. 변변한 직장에 들어가기도 어려웠다. 네 살 난 딸과 젖먹이가 있는 상황에서 졸지에 실업자가 되었으니 아내가 살림을 책임져야 했다.

아내는 강원도 원주 출신이었으나 나를 만나 제주에 내려온 후론 향토 음식 조리법에도 능숙하게 적응했다. 성격이 사교적이어서 이웃들과도 잘 어울려 친구도 많았다. 어머니는 그 사건 충격으로 얼마 살지 못하고 아버지 곁으로 떠났다. 생활비 감당이 어려워지자 우리는 고향 시골집으로 옮겼다. 나는 아이 돌보면서 텃밭을 가꾸거나 책을 읽는 일로 소일했지만 과다한 알콜 흡수로 뇌 속 저장장치가 고장 났는지 기억에 남는 작품이 없다. 아내는 파출부로, 식당 종업원으로, 학교 식당 조리사로 다니면서 애들을 공부시키고 딸애를 시집보냈다. 아내의 지상에서의 역할은 오래가지 못했다. 직장 다니는 딸애를 대신해서 외손자를 봐주러 가다가 교통사고를 당해 한 줌 흙이 되었다.

해피가 짖는다. 그놈이 차를 타고 왔다. 그놈은 가증스런 웃음을 만면에 흘리면서 반가워했으나 난 의도를 숨기며 웃었다. 그가 내미는 손을 잡자 그는 들뜬 목소리로 여러 말을 했으나 내 귀에는 한 마디도 들려오지 않았다. 그는 아무렇지도 않게 내가 건낸 커피를 먹고 횡설수설 장황하게 말을 늘어놓다가 잠에 곯아떨어졌다. 쓰러진 그를 보자 갑자기 눈앞이 캄캄해지며 어찌할 바를 모르겠다. 심장은 쿵쾅거리고 안 되겠다 싶어 찻장에서 술을 꺼내고 있는데 갑자기 피 냄새가 진동했다.

"썩을 놈. 그거 하나 처리 못해?"

돌아다보니 초상화로 걸려 있던 아버지가 현신했다. 아버지는 건넛마을에 도축장이 생기면서 허가받은 살처분 일을 했다. 우리는 그를 차 트렁크에 싣고 예전에 아버지가 일하던 도축장으로 갔다.

도축장 안에 들어서자 비릿한 냄새가 코를 찔렀다. 그놈은 강렬하게 내리쬐는 전등 불빛을 받으며 작업대 위에 벗겨진 채 희멀겋게 누워 있었다.

"자 어디 한 번 해봐."

아버지가 칼을 내어주었지만 난 자신이 없어 고개를 저었다.

"바보 같은 놈. 먹고 살려면 악착같아야지. 그렇게 순진하니까 늘상 당하기만 하는 거야."

아버지가 예리한 칼로 능숙하게 목을 따자 시뻘건 피가 하얀 김을 내며 쏟아져 내렸다. 그런데 자세히 보니 전웅필은 간 곳 없고 돼지가 누워 있었다. 피가 쏟아지면서 흘러나오는 역한 냄새에 속이 메슥거렸다. 아버지는 샤워기 줄을 당겨 작업대와 몸체를 말끔하게 씻어냈고 떨어진 벌건 핏물은 하수도 구멍으로 소리를 내며 빨려 들어갔다. 아버지는 목 아래에서 배꼽 쪽으로 칼을 움직였다. 뱃속에서 내장이 흘러나오는 순간 속이 울렁거리더니 토악질이 나왔다.

"사내자식이 이런 것도 못 보면서 무슨 일을 하겠다고?"

아버지의 불호령에 번쩍 눈이 떠졌다. 창밖은 아직도 어둠 속이었다. 저절로 안도의 한숨이 나왔다. 목이 탔다. 일어나 냉장고에서 물을 꺼내 먹는데 해피가 다가와 끙끙 거리다 짖어댔다. 해피의 짖는 소리는 아내의 목소리로 변했다.

"당신 무슨 짓을 하려고 그래? 살아생전 그렇게 내 속을 썩이더니. 피갱이 아들 아니랄까봐서 또 사람을 죽이려고? 정신 차려 이 양반아."

나는 해피를 안고 아내의 방으로 건너가서 침대에 누었다. 이불을 들추니 아내의 체취가 났다. 그 냄새가 죽어 있던 아랫도리 세포를 자극하며 꿈틀거리게 했다. 아 살아있었구나. 내 몸은 아직도 쓸 만하구나. 오랜만에 느껴보는 두근거림이었다. 인기척도 없더니 목욕실 문이 열리면서 누군가 나왔다. 물에 젖은 나신을 수건으로 닦으면서 환하게 웃는 것은 아내였다. 부끄러움을 잊은 아내는 벌거벗은 몸을 가리지도 않고 내게로 다가와서 침대에 걸터앉았다. 후각을 자극하는 물비누 향기에 숨소리가 거칠어졌다. 아내는 말없이 속옷을 벗기고 내 몸을 애무하기 시작했다. 실로 오랜만에 느껴보는 감흥에 내 몸은 쉽게 달아올랐다. 그녀의 몸은 쏟아지는 형광의 가시광선을 받아 눈부시게 빛났다. 심장이 탕탕 소리치며 뛰기 시작했다. 나는 주체

할 수 없어 그녀를 눕히고는 거무스레한 유두를 입안에 집어넣고 혀끝으로 희롱했다. 아내가 몸을 비틀며 교성을 질렀다. 순간 머릿속이 환해지며 몸이 부르르 떨리더니 잔뜩 긴장하며 뭉근하게 대기하던 용사들이 허락도 없이 돌진해 나가버렸다.

눈을 떠보니 유리창 커튼 사이를 헤집고 들어온 햇살이 자개장롱에 부딪혀 찬란하게 부서지고 있다. 일어나려고 기지개를 켜는데 다리 언저리에 축축한 감촉이 느껴졌다. 상체를 일으켜 고개를 숙이니 침대 요와 팬티 앞부분이 동그랗게 젖어 있었다. 죽을 때가 되면 본능적으로 짝짓기를 열심히 하는 미물들이 생각나며 씁쓸한 웃음이 목을 타고 올라왔다.

자동차 소리가 나더니 해피가 짖었다. 조용하던 심장이 벌컥벌컥 소리를 내며 뛰었다. 분말로 만든 치사량의 수면제는 미리 커피 잔에 녹여 두었다. 만약을 위해서 아버지가 도살할 때 쓰던 녹이 슨 칼도 서슬이 퍼렇게 갈아놓았다. 몸이 떨리고 머릿발이 섰다. 창문으로 밖을 보니 그가 차에서 내리고 있다. 나는 크게 한숨을 쉬어 마음을 진정시킨 후 마당으로 나가 으르렁대는 해피를 달랬다. 그는 차에서 물건이 담긴 종이가방을 꺼내고 문을 닫았다. 그런데 돌아선 그의 모습을 보는 순간 움켜쥐었던 손아귀에 힘이 빠지는 것을 느꼈다. 내가 사람을 잘못 본 건가?

"여. 김 선생. 이게 얼마 만인가?"

목소리를 떨며 내미는 손을 잡았을 때 그가 환자인 것을 알았다. 내가 생각하던 삼십 년 전의 당당하던 전웅필이 아니었다. 손에는 힘이 없었고 눈동자는 한물간 동태의 눈알과 다름없었다. 야구로 다듬어진 풍채 좋던 전웅필의 모습은 간 곳 없고 병색이 완연한 노인네가 나를 바라보고 있었다.

"오랜만입니다."

"자네도 세월의 폭력 앞에는 어쩔 수 없었나 보구만. 자 이거 받게. 빈손으로 올 수 없어서……."

그가 내민 붉은 종이 백에는 TV광고에서 보았던 홍삼 이름이 황금빛으로 수놓아져 있었다.

"아니 뭘 이런 것을. 잘 찾아오셨네요. 안으로 들어가시죠."

난 겸연쩍은 척하며 선물을 건네받고 그를 거실로 안내했다. 자꾸만 애련의 감정이 솟아올랐으나 원수 놈을 살려 보내면 천추의 한이 될 것을 생각하며 운동화 끈처럼 늘어졌던 적개심을 다시 동여맸다.

그는 겨우 마당을 건너왔을 뿐인데 힘겨운지 마스크를 벗고 몇 번 길게 한숨을 쉬며 주변을 찬찬히 훑어보았다. 개기름 번드르르한 넙데데한 얼굴에 머릿기름을 발라 머리칼을 세웠던 옛날의 모습은 찾아 볼 수 없었다. 나는 주방에서 과일을 깎아들고 와서 커피와 함께 탁자 위에 내려놓았다.

"시골이라 뭐 대접할 게 없습니다."

"아이고. 미리 말을 못 했구먼. 난 커피 먹으면 안 돼."

아뿔사. 계획을 들킨 것처럼 가슴이 철렁하더니 한여름 아이스크림 녹듯 몸에서 기운이 빠져 나가는 것을 느꼈다. 나는 그가 눈치챌까봐 애써 감추기라도 하듯 말을 이었다.

"그럼, 과일이라도."

그는 포크를 들어 배 한 쪽을 찍어 들었다.

"보다시피 옛날의 전웅필이 아니지. 지은 죄가 많아 몹쓸 병에 걸려 이렇게 형편없이 돼버렸소. 그런데 아까부터 이게 무슨 냄새요?"

"냄새가 나는 게 맞죠? 전 코로나 앓고 나선 후각이 망가졌어요."

"홀아비 냄새도 아니고? 원래 자기 몸에서 나는 냄새는 자신만 몰라요. 나도 악취가 난다는 걸 한동안 몰랐어."

그는 여유를 부리듯 배 한 입을 물더니 사각사각 씹으며 말을 이었다.

"김 선생. 자네 날 많이 원망했지?"

난 씁쓸하게 웃으며 대답했다.

"우린 처음 만남부터 잘못 됐어요."

"자네 고생 많이 했다는 거 알아요. 나도 투병하면서 옛날 일을 많이 반성하고 있소."

반성? 한 사람의 인생이 망가졌는데 혼자 반성한다고

끝날 문제인가? 난 속으로부터 치밀어 오르는 분노를 꾹 누르면서 말했다.

"전 선생님. 한 가지만 대답해 주세요. 장효주 말입니다."

나도 모르게 미간을 찡그리며 눈에 힘이 들어갔다. 그가 내 시선을 마주하며 입을 열었다.

"그 일에 대해선 나도 유감이 많아. 자네가 날 원망한다는 소문도 들었지만 난 최선을 다했어."

"정말, 그날 장효주에게 자극적인 언행을 하지 않았다구요?"

"김 선생. 아직도 오해하고 있구만. 그날 교실을 나와서 난 곧장 교감실로 들어갔어."

거짓말이다. 부아가 치밀어 오르며 목소리가 커졌다.

"복도에서 효주의 뺨을 때렸지 않습니까?"

그는 잠시 나를 물끄러미 쳐다보더니 물기 마른 목소리로 단호하게 대답했다.

"김 선생. 난 하늘에 맹세코 그런 적이 없네."

증인도 증거도 없으니 본인이 우기면 어쩔 수 없는 일이다. 그러나 이미 드러낸 적개심의 발톱을 그냥 거둬들일 수 없어 난감해 하고 있는데, 전웅필이 덜덜 떨리는 손으로 탁자 위에 있는 커피 잔을 들어 두어 모금 마셨다. 그리고는 잔을 내려놓으며 입을 열었다.

"난 김 선생을 위해 탄원서 올리는 일에 앞장섰어. 헌데 코웃음을 치며 외면하는 동료 교사들이 많았어. 편애하고 잘난 척한다고 비난하는 애들도 있더군, 그때 깨달았지. 인간에 대한 평가는 본인은 모르는 채 쌓이는 것이라고. 나도 착각 속에 살아왔어. 이기적인 삶이었지."

그 말에 참지 못하고 버럭 화를 냈다.

"그런데도 교육감 선거에 나섭니까?"

그는 얼굴을 붉히며 찡그리더니 길게 한숨을 쉬고 나서 나직하게 말했다.

"사람이 미우면 어떤 말도 행동도 믿지 못하지. 듣고 싶은 말만 듣고 혼자서 상상하고 판단하고. 자네는 확증편향에 빠진 거야. 교육감 선거라니? 내 꼴을 보게. 난 재산을 장학재단에 기부해버려 선거에 나설 여력도 없어."

"그럼. 여긴 왜 오셨어요? 나한테 부탁할 일이라는 게 뭡니까?"

갑자기 그의 안색이 변하면서 일그러졌다.

"자네의 분노 충분히 이해하네. 미안하네……."

그는 말을 잇지 못하고 몸을 부르르 떨더니 가슴을 부여잡고 소파에 쓰러졌다. 기회가 왔다. 포박할 끈을 찾으려고 막 발길을 떼는데 탁자 위에서 휴대폰이 울렸다. 힐끗 쳐다봤는데 이게 어쩐 일인가? 벨 소리와 함께 번쩍번쩍 빛나는 것은 '아들 김영민'이라는 이름이었다. 설마 우리 아들? 며느리 감을 데리고 온다는……? 나는 조심스럽게 휴대폰을 열었다. 저쪽에서 먼저 입을 열었다.

"아버님. 저 영민입니다. 방금 예진이와 공항에 도착했어요."

아들 목소리가 맞다. 얼른 전화를 끊었다. 머릿속 회로가 고장났는지 붕붕거리는 소리에 어지럽다. 결국 난 뭐지? 분노가 사라진 곳에 자괴감이 스며들었다. 난 탁자 위에 있는 커피 잔을 들어 단숨에 입안으로 부어 넣었다. 쓰러진 전웅필에게서 영민의 얼굴이 어른거린다. 그의 곁으로 가는데 다리에 힘이 풀리며 휘청인다.

"여보세요. 전 선생님. 정신 차리세요. 전 선생님."

그의 팔을 붙잡고 흔들었으나 꼼작도 하지 않는다. 그의 목 언저리 맥박은 약하게 뛰고 있었으나 내 심장은 심하게 요동친다. 나는 얼른 휴대폰을 들어 벌벌 떨리는 손으로 번호 단추를 꾹꾹 눌렀다. 순간 눈앞이 뿌옇고 정신이 혼미해지며 몸이 허공에 붕 뜬다. 떨어져 바닥에 뒹구는 전화기에서는 발신자를 부르는 소리가 들리는데 마룻바닥이 일어서며 얼굴을 때렸다. 소리에 놀란 해피가 집안으로 들어와 나를 보며 목을 놓아 짖는데 눈꺼풀이 점점 무거워진다.

*에이버리 길버트, 미국의 감각심리학자.

『제주문학』 92집(2022년 10월) 수록

ㅎㅜㅇㅏㄴ

후안

좌라락. 커튼을 젖히자 봉 위를 구르는 고리의 경쾌한 소리와 함께 유리창 너머로 파란 하늘 흰 구름이 싱그럽게 다가온다. 잠을 설친 탓에 화장이 먹지 않는데도 콧노래가 절로 흘러나온다. 눈썹 손질을 마치고 립스틱을 집어 들었을 때 내 꿈의 열매가 안방으로 들어왔다. 지연이는 혼혈이어서 더 예쁘다고 한다. 하얀 피부와 또렷한 얼굴의 윤곽, 검은 눈썹 아래 커다란 눈동자는 나를 닮아 유난히 맑다.

"엄마, 아침부터 무슨 꽃단장이야? 애인이라도 생겼어?"

초등학생인데 못 하는 소리 없이 맹랑하다.

"응. 엄마 오늘 아주 찐 사랑하는 사람 만나러 가거든?"

호기심 많은 지연은 거울 속에서 눈살을 찌푸렸다.

"엄마 정말 바람났어?"

"아이구 내 딸 그런 말도 알어?"

"엄마. 초딩이라고 무시하지 마. 알 건 다 안다고."

"그랬어? 이제 다 컸구나."

"식당은 어떻게 하고? 장 안 봐?"

"주방 이모에게 다 지시해 놓았으니 걱정 말고 학교나 가셔."

"엄마! 오늘 개교기념일이라고 말했잖아?"

"아이고 그랬지? 내가 요즘 정신이 없다. 예쁜 우리 공주님 미안해요."

지연의 엉덩이를 토닥거리는데 제법 살집이 올라 통통하다. 지훈이가 가석방자 명단에 올랐다는 소식을 듣고 나서는 정말 첫사랑을 그리워하듯 정신없이 지냈다.

지훈이는 엄마를 지키기 위해 살인을 했다. 나를 겁탈하려는 사내를 본 순간 남편은 눈이 뒤집혀 씽크대 위의 칼을 집어 사내를 찔렀다. 격투 끝에 칼을 빼앗은 사내는 남편을 난자했고, 피를 보고 흥분한 지훈은 태권도로 그 사내를 제압하고 죽였다. 영화 같은 이야기지만 재판 결과 드러난 서지훈의 죄상이다.

면회 다니던 초기에는 얻어맞은 상처를 보고는 가슴이 미어졌다. 저능아라고 놀리는 동료 수형인들에게 덤벼들다가 머리가 터지거나 눈덩이가 왕방울처럼 부은 채 나타나기도 했고, 팔을 깁스하고 다리를 절뚝이며 들어오기도 했다. 그렇게 사회와 격리된 공간에서 지훈은 성장했다. 근래에는 자기를 따르는 똘마니들이 많다고 자랑까지 했다. 애처롭지만 대견한 내 아들이다.

혼자인 것이 외로운 지연은 앨범 속에 있는 풋풋한 오빠에 대해서 늘 관심을 보였다. 난 감옥이라는 것에 편견을 가진 어린 지연이가 상처받을까 두려워서 베트남 할머니 집에 산다고 둘러댔다. 그러나 이젠 지연이도 엄마를 지켜준 오빠를 자랑스럽게 여길 나이가 됐다.

"참. 너 오빠가 보고 싶다고 했지?"

지연은 눈을 동그랗게 뜨며 호기심을 드러냈다.

"베트남에 사는 지훈이 오빠?"

"그래. 지훈이가 돌아온단다."

"그럼 우리랑 함께 사는 거야?"

"그렇지. 우린 가족이니까."

"와 신난다."

지연이는 두 팔을 올리고 펄쩍펄쩍 뛰며 좋아한다.

"엄마랑 함께 가고 싶으면 얼른 옷 갈아입고 와."

지연이는 소리 지르며 춤을 추듯이 제 방으로 뛰어갔다. 여자만 있는 집에 장성한 아들이 함께 산다는 건 생각만 해도 든든하고 활기가 넘치는 일이다.

사람은 나이테만큼의 아픔을 켜켜이 품고 산다지만 남편과의 마지막 며칠을 생각하면 지금도 소름이 돋고 몸서리가 쳐진다. 창가에 서서 산 위로 몽글몽글 피어오르는 뭉게구름을 바라보노라니 한국인으로 산 십여 년 세월이 주마등처럼 펼쳐진다.

"도대체 어떤 놈이야? 밤낮을 모르고 전화질 하는 놈이?"

술에 취해 날이 어둡기도 전에 잠에 곯아떨어졌던 남편이 휴대폰 통화 소리에 깨어났다. 베트남에서 오는 중요 인사와 도지사와의 대화 통역 가능 여부를 묻는 급한 일로 밤중에 쯔엉이 전화를 걸어왔으나 남편이 끼어들면서 모든 게 흐트러졌다.

"쯔엉이에요. 우리 학원 원장님."

"우리? 그따위 학원 집어치우라고 했잖아? 너 왜 말 안 들어? 개 같은 년, 내가 만족시켜주지 못하니 젊은 놈과 놀아나는 거지?"

어이없는 모욕적인 말이었지만 내가 섹스를 밝힌 건 사실이다. 남편은 하루가 멀다고 삼십 대의 내 튼실한 육신을 탐했다. 사랑받는 생각에 나도 좋아서 적극적으로 몸을 놀렸다. 그런데도 애가 들어서지 않았다. 남편 몰래 산부인과에 가보았으나 내 자궁은 튼튼했고 문제가 없다고 했다. 사업이 부진해지자 남편은 잠자리에 대해 흥미를 잃어갔다. 그런 남편을 위해서 침실의 커튼과 침대 커버도 바꾸고, 정력에 좋다는 음식을 구해다 요리하고, 식후 자양강장제도 꼬박꼬박 챙겼다. 그런 치성에도 남편의 그것은 발기되지 않는 날이 많았다. 어떻게든 살려보려고 손을 가져다 대면 남편은 '그렇게 하고 싶어? 음탕한 년!'이라고 욕하며 돌아누워 코를 골았다. 상처 난 자존심을 달래느라 소리 없이 베갯잇을 적신 적이 한두 번이 아니었다. 그러다가 어떤 날은 새벽녘에 잠이 덜 깬 나를 끌어안고 격렬하게 섹스 했다. 냄새 나고 기분이 더러웠으나 난 억지 교성까지 지르면서 장단을 맞췄다. 오로지 임신을 위해서.

"말해봐. 너 그놈과 같이 잤지?"

"그런 사이 아니에요."

"거짓말하지 마. 몇 번 잤어? 너 사실대로 말하지 않으면 연놈 다 배때기 쑤셔버릴 거야. 말해 이 화냥년아."

남편의 눈빛이 변하기 시작했고 독기를 품은 투사견처럼 나를 물어뜯기 시작했다.

남편의 화난 목소리에선 쇳소리가 났다. 소리는 몽둥이로 변하여 속이 빈 동물의 갈비뼈와 부딪치며 퍽, 퍽 소리를 냈고, 목울대를 긁어 올리는 개의 비명으로 길게 이어졌다. 이윽고 알루미늄 야구 방망이로 타격하는 굉음이 들리더니 개의 머리에선 피가 솟구치고 낑낑대던 소리가 잦아들었다. 공포에 질린 눈동자가 가까이 다가오더니 내 의식도 서서히 허물어져 내렸다.

"아빠. 그만해. 엄마 때리지 마."

눈을 감고 벽에 기댔는데 지훈이의 소리가 들렸다. 이성이 마비된 남편은 아들이 보는데도 난동을 멈추지 않았다. 맞아서 아픈 것보다 지훈이가 지켜보는 것이 더 참담해서 울음은 참는데 콧물, 눈물은 하염없이 흘러내렸다.

"병신아. 너 이거 안 놔?"

"엄마. 어서 도망가"

무거운 눈꺼풀을 힘겹게 떴는데 지훈이가 남편의 등 뒤에서 두 팔을 껴안고 있었다. 내가 왜 그 생각을 못 했을까? 그래 소나기 내릴 때는 우선 피하고 봐야지. 그런데 몸이 말을 듣지 않았다. 까무룩 쓰러지면서도 엄마 편을 드는 아들이 고맙다는 생각이 들었다.

소독약 냄새가 후각을 자극했다. 눈을 떠보니 병원 응급실이었다. 팔에 꽂힌 링거줄을 통해 수액이 들어오고 있었다. 침상에 기대어 코를 골던 지훈이가 나의 몸짓에 깨어나 고개를 들었다. 혼절한 나를 업고 이리로 달려왔구나.

"엄마. 괜찮아?"

"응. 괜찮아."

말은 그렇게 했지만 여기저기 쑤시고 욱신거려서 손가락조차 움직이기도 힘들었다. 찡그린 내 얼굴을 보고 지훈이가 눈가에 눈물을 그렁그렁 매달았다.

"아빠 나빠. 아빠 무서워."

지훈이는 손수 요리 실습하며 잘 먹어댄 탓인지, 태권도를 열심히 다녀 근력이 늘어난 덕인지 부쩍 큰 어깨를 축 늘어뜨리고 마침내 유리구슬같이 투명한 눈물을 소리 없이 뚝뚝 흘렸다. 나는 지훈이를 달래어 아빠가 오기 전에 어서 피해야 한다고 설득했다. 그리고 평소 알아둔 곳에 전화를 걸어 도움을 요청했다.

"아닙니다. 금방 남편이 나타날 거예요. 순진한 지훈이가 호통을 못 이겨 벌써 발설했을지도 몰라요."

"여긴 안전합니다. 안심하셔도 돼요. 헌데 아드님이 참 착해 보였어요."

"다쳐서 지능이 약간 모자라긴 해도 엄마를 끔찍이 생각하는 아이예요."

"그런 큰 아드님 두시다니. 후안 씨 나이가 너무 젊은데요?"

상담 선생님은 컴퓨터에 내 신변에 대해 열심히 입력하다가 이해할 수 없다는 듯 코에 걸친 검은 뿔테 안경을 올려 쓰며 내 얼굴을 멀뚱하게 바라봤다. 내가 당당하게 시선을 마주하자 그녀는 흘러내린 앞머리를 올리며 어색한 미소를 지었다.

"아. 미안해요. 후안 씨. 내가 아픈 곳을 건드렸다면 사과할게요."

상담사는 말은 그렇게 했으나 속으로는 나를 경멸하고 있을 것이다. 자격지심인지는 모르겠지만 몇 년을 한국에 살면서 터득한 경험에 의하면 내 판단이 맞을 것이다. 구박받던 며느리가 시어머니 되면 더 무섭다더니, 한국도 한 때는 원조를 받던 가난한 나라였으면서 동남아 여성들에 대한 편견이 심하다.

"눈 주변 상처도 맞아서 생긴 거 맞죠?"

간밤의 악몽이 다시 떠올라 몸을 부르르 떨었다. 평상시에는 농담도 잘하고 자상한 좋은 사람인데 술만 마시면 눈에서 광기를 내뿜는 괴물이 되는 게 참기 힘들었다.

"후안 씨. 이런 일은, 그러니까 남편이 폭행을 한 것이 처음은 아니죠?"

그 말은 내 의지와는 상관없이 눈물 한줄기를 주르륵 뽑아냈다. 난 손등으로 눈물을 훔치며 고개를 끄덕였다.

"우리 말을 잘하는데 한국에 온 지 얼마나 됐죠?"

"3년 째에요. 그리고 저 한국어 강사예요."

그녀는 믿기지 않는 표정으로 내 눈을 바라보더니 고개를 끄덕였다.

"그래요? 그럼 먹고 사는 것은 걱정 없겠군요. 앞으로 어떻게 하시겠어요? 여기선 일주일 이상 있을 수 없어요. 거처가 필요하다면 보호시설로 안내해 드릴게요."

"고맙습니다만 곧 집을 따로 구할게요."

내가 한국으로 결혼 이민을 결정했을 때 주변 사람들은 반대했다. 오죽하면 제 나라 여자를 놔두고 말도 통하지 않는 외국 여자를 구하겠는가? 베트남 여자를 구하는 한국 사람들은 대부분 문제가 있는 사람들이다. 성공해서 정착하는 사람들도 더러 있으나 핍박을 견뎌내지 못하고 떠돌다가 연락이 끊기거나 빈털터리로 귀국하는 사람도 많다는 것을 알고도 난 한국행을 고집했다.

베트남에서 처음 소개받은 한국의 남편감은 삼십대의 젊은 사람이었다. 그런데 도중에 무슨 사정이 생겼는지 결혼 상대자가 바뀌었다. 돈이 많은 사십대라고 했으나 중매업자가 내민 사진 속엔 늙수그레한 사내가 웃고 있었다. 정작 베트남에 결혼하러 나타난 서광남 씨는 대머리까진 늙다리로 아버지보다 겨우 여섯 살 아래였다.

그래도 아버진 입꼬리를 귀에 걸고 목발을 짚고 다니며 나이 많은 사위를 하객들에게 자랑했다. 그가 한국에서 가져온 선물을 받은 친척들도 저마다 엄지손가락을 내밀었다. 그런데 하객들이 돌아가고 아버지와 마주 앉은 서광남 씨는 술기운 탓인지 안색이 굳어졌다. 우리 아버지가 전쟁 때 한국군 때문에 한쪽 눈이 실명되었고 다리를 잃었다는 말을 듣고는 '죄송합니다. 잘못 했습니다.'는 말을 반복하며 눈물을 흘렸다. 그가 베트남 전쟁에 참전한 것도 아닌데 첫날밤 잠자리에서도 서럽게 울었다. 남자가 그것도 나이 든 남자가 그렇게 우는 것을 본 일이 없다. 난 우리 아버지를 불쌍히 여기는 참으로 속내 깊고 잔정이 많은 사람이라고 생각했다. 남편의 지참금으로 아버지는 의족을 달아 사십여 년을 의지하던 목발에서 벗어났고 낡은 집을 헐고 집을 새로 지었다.

난생 처음 비행기를 타고 내려다본 제주의 바다는 그야말로 환상적이었다. 물비린내 나는 누런 강물만 보고 자랐던 나는 마음이 답답할 때마다 푸르고 싱싱한 갯내음을 맡으러 바다로 달려가곤 했다.

남편은 시내 식당을 빌려 음식을 대접하며 친척들에게 나를 인사시켰다. 그중에 외삼촌이라는 분이 했던 말은 너무 충격적이어서 지금도 가슴에 박혀있다.

"어디 간 잘 사 와신 게."

일행은 나를 보며 웃었고 나도 떨떠름한 표정으로 웃어넘겼다. '난 팔려 온 게 아니에요. 내 꿈을 위해 스스로 선택한 길이에요.' 생각은 그렇게 하면서도 말대답은 하지 않았다. 내가 한국말을 못 알아들을 거라고 생각한 친척들은 저들끼리 내 흉을 보며 좋아했다. 그들과 섞여 있을 때 내가 느끼는 만큼의 낯설음은 그들에게도 마찬가지였겠지만, 난 같은 언어로 말하니까 그들도 같은 생각을 할 거라고 착각했다. 낯선 곳에서 왔다는 생각을 의도적으로 지우려고 했다. 매일 아침 그들이 쓰는 샴푸와 향기 좋은 물비누로 샤워를 했고 그들이 먹는 음식을 마다하지 않고 먹으며 동화되고자 했다. 그러나 그들에게 난 여전히 동물원 원숭이였다.

가끔 집으로 찾아오는 친척들은 내가 된장찌개와 김치 먹는 걸 신기해했고, 내 몸에 코를 대고 킁킁대기도 했다. 함부로 내 피부를 만져보기도 했고 어떤 이는 옷장을 열어 내가 입는 속옷을 들춰보기도 했다.

남편에겐 밤송이 같은 턱수염이 보송보송 난 아들이 있었다. 지능이 좀 모자라지만 순수한 영혼을 가진 아이였다. 그는 내가 좋은지 처음 만난 날부터 내 뒤를 졸졸 따라다녔다.

지훈이는 '엄마' 소리도 못 해 보고 자란 정이 그리운 아이였다. 내 환심을 사려고 라면도 끓여주고 부침개도 곧잘 만들어 나를 대접했다. 지훈이는 요리에 관심이 많았다. 그래서 한국 음식을 배우려고 요리학원에 다닐 때 함께 등록했다. 지훈의 미래를 위해서 그의 독립을 위해서 필요한 일이라 생각했다. 지훈이가 요리학원에 등록하던 날 나와 한 약속이 있다.

"엄마. 베트남이 어디 있어?"

"왜 가 보고 싶어?"

"응. 엄마 나라잖아? 나 거기 가서 라면 식당 할 거야."

"그래. 열심히 배우면 라면 가게 아니라 큰 식당도 열 수 있지."

말은 그렇게 했으나 베트남에 가면 지훈이도 외국인이다. 더구나 말도 모르고 온전치 못한 정신으로 당할 조롱과 모멸감을 지훈이가 이겨낼 수 있을까?

결혼하고 제주에서의 일 년은 꿈 같은 생활이었다. 남편은 양식장을 하며 여유가 있어서 한 달이 멀다 하고 나를 데리고 육지로 구경 나갔다. 그렇게 좋던 세월은 일본의 원자력 사고 때문에 금이 가기 시작했다. 사고의 여파로 수출길이 막히면서 광어 값은 폭락했고 남편은 끊었던 술을 다시 입에 댔다. 손찌검이 시작된 것은 그때부터였다. 한두 번은 그냥 화풀이 정도로 알고 맞으면서도 참으려고 무진 노력했다. 맞은 상처가 아픈 게 아니라 내 인격이 무시당하고 있다는 것이 더 괴로웠다. 날이 갈수록 횟수가 잦아지더니 급기야 의처증까지 생겼다. 쯔엉의 의도적인 도발이 남편을 자극했기 때문이다.

난 꿈을 이루기 위해 내 손으로 돈을 벌어야겠다고 생각했다. 친구도 사귀고 물정도 알고 싶다는 내 뜻을 남편이 선뜻 받아들여 주었다. 외국인 취업정보센터의 소개로 베트남 학원에 취업했다. 거기서 쯔엉을 만났다. 학원 원장인 쯔엉은 내 고향 이웃 마을 출신이어서 처음 보았을 때부터 친근감을 느꼈다. 그는 한국에 온 지 10년이 된다고 했는데 나를 동생처럼 아껴주어서 큰 의지가 됐다.

쯔엉은 한국 정부의 도움을 받아 결혼 이민 온 여자들 대상으로 한국 문화에 대해 강의했고 난 일주일에 세 번 한국어를 가르쳤다. 직장에 다닌 지 일 년쯤 되었을 때였다. 강의가 잡혀있던 전날 남편의 폭행으로 얼굴에 큰 멍이 들었다. 도저히 원생들 앞에 나설 자신이 없어 휴강을 요청했는데 쯔엉이 교외에 있는 우리 동네로 찾아왔다. 엉망이 된 내 얼굴을 본 쯔엉은 화를 냈다.

"왜 맞고 지내? 당장 집에서 나와. 사람을 개 취급하는 놈 내 가만 안 놔둘 거야."

그는 눈을 부라리고 얼굴을 붉히며 분개했지만 난 남편의 실수라고 변명했다.

"한국 남자들 남존여비 사상이 있어서 여자를 종처럼 생각해. 한번 폭력에 맛을 들이면 고치기 힘들어. 당장 이혼해."

벌겋게 달아오른 그의 얼굴에서 진심을 느꼈지만 난 그 말을 받아들일 수 없었다.

"어떻게 그런 소릴 함부로 해? 내가 왜 한국에 왔는지 몰라? 쯔엉 난 그럴 수 없어."

"후안. 그 꿈 내가 이루게 해줄게."

"난 한국인 피를 가진 애를 낳고 싶다고."

"그 집에 있다간 꿈이고 나발이고 다 끝장이야. 맞아 죽는다니까?"

"난 가난해서 꾀죄죄하고 눅눅한 베트남이 싫어. 한국에서 자손 낳고 뼈를 묻을 거야. 그러니 제발 날 흔들지 말고 바람막이가 되어줘."

그 후에도 쯔엉은 여러 번 설득하려 했지만 내 신념을 꺾진 못했다.

한동네에 사는 이모님은 사람들이 날 경멸할 때도 내 편이 되어준 엄마 같은 분이다. 찬거리를 들고 자주 우리 집에 들리시는데, 어느 여름날 긴소매 옷을 걸친 나를 이상하게 보았다. 베트남에선 다 그렇다고 둘러댔으나 소매를 걷어 퍼렇게 멍이 든 내 팔을 확인한 이모는 한숨을 쉬며 가족의 역사를 끄집어냈다.

"광남이는 병자여. 그놈의 술이 웬수지. 술 처먹고 부부가 싸우다가 저 어린 것을 땅에 떨어뜨려 병신 만들었주. 불쌍한 것. 그래도 아방이 술 먹고 광질하면 울면서 우리 집으로 도망 올 정도니 영 바보는 아니여. 할망은 병에 걸려 일찍 죽고 어멍은 물귀신이 되어부난 지훈인 내가 키웠다."

사진으로 남은 지훈이 엄마는 자그만 체격에 갸름한 얼굴이 예뻤다. 그런데 이모가 들려준 이야기는 너무 비참하고 충격적이었다.

그 당시 어촌에는 미역 해경이라는 게 있었다. 일정 기간 미역이 자라도록 채취를 금하다가 풀리는 날이 있었는데 그게 미역 해경이다. 해경 날 해녀들은 모두 바다에 자맥질해 들어가 미역을 채취하는데 수확한 만큼 자기 수익이 되므로 한 해 살림 밑천을 건지는 대목 날이었다. 그런데 그 무렵 지훈이 엄마는 남편의 폭행으로 갈비뼈에 금이 가서 병원 치료를 받는 중이었다. 그녀는 대목을 놓칠 수 없어 아픈 몸을 이끌고 바다로 나갔다. 주변의 만류를 뿌리치고 기어이 바다에 뛰어들었다가 끝내 참변을 당했다고 했다.

그날 밤. 어렸을 때 겪은 끔찍한 기억이 꿈속에서 되살아나 몸서리를 쳤다. 우리 동네 어귀에 개를 키우는 집이 있었다. 아이들은 개 피쟁이 집이라고 그 집 근처에 가길 꺼렸다. 난 학교를 오갈 때마다 그 집 앞을 지나야 했다. 그 앞을 지날 때면 늘 개들이 날뛰며 짖는 소리가 요란스러웠다. 개들은 나무로 만들어진 작은 공간 안에 갇혀서 철망 사이로 코를 내밀고 끙끙거렸다. 그러다 인기척이 들리면 구원을 요청하듯이 발을 구르고 난리를 치며 짖어댔다. 한 번은 개의 비명이 유난히 크게 들려오기에 나무판자로 둘러친 울타리 틈 사이로 안을 엿보았는데 희한한 광경이 펼쳐지고 있었다. 가끔 동네에서 마주칠 때마다 징그럽게 웃는 아저씨가 개의 네발을 꼼작 못하게 묶어놓고 알루미늄 야구 방망이를 내리치고 있었다. 개는 몇 번을 깽깽거리다가 머리를 한방 두들겨 맞고는 움직이질 못했다. 머리에선 피가 뿜어져 나왔는데 죽어가는 개의 눈동자가 나를 보고 있었다. 난 다리에 힘이 풀리며 털썩 주저앉고 말았다. 너무 놀라 울음도 눈물도 나오지 않았다. 그날 이후 꿈속에선 그 장면이 반복되어 재생됐고, 그때마다 요에 지도를 그렸다. 중학교 때까지 내 별명은 오줌싸개였다. 그일 이후로 그 집 앞을 피해서 일부러 먼 길을 돌아다녔고 꼭 지나야 할 때면 난 달리기 선수가 되어야 했다.

남편이 술에 취하면 벌이는 광기의 원인에 대해 알게 된 것은 사건이 나던 해 시조부님 제삿날이었다. 시내에 사시는 숙부님과 사촌들이 집에 모여들었다. 남편은 친구 분들과 이야길 하다가도 군대 얘기만 나오면 신경질적인 반응을 보이는 것을 전에도 여러 번 보았다. 그날도 파제를 하고 음복하는 자리에서 어쩌다 군대 이야기가 나왔다. 남편은 사촌들과 말다툼하다 악다구니를 쓰더니 밖으로 나가버렸다. 숙부님이 분위기를 진정시키려고 한숨을 내쉬며 입을 열었다.

"광남이 병은 군대 가서 얻은 것이다. 그렇게 착하고 건실하던 아이가 군대를 살다 오더니만 사람이 영 틀려버렸

다."

파제하기를 기다리며 팔짱을 끼고 서로 허공만 쳐다보는데 백부님 자제인 장손이 젓가락으로 버섯전을 집으며 화답을 했다.

"숙부님은 군대에 말뚝 박다 제대하셨으니 잘 아시겠네요?"

"그래. 내가 전방 부대 근무할 때 광남이가 특전사에 배치되었다는 소식 들었지."

"인간 병기가 될 정도로 훈련이 빡세다는 부대 말씀이지요?"

군 입대를 앞둔 장손 아들이 끼어들었다.

"그래. 헌데 자대 배치 받자마자 출동한 곳이 하필이면 빨갱이 폭동이 일어난 광주였어."

숙부님은 쩍하며 입을 다시더니 술잔을 들어 목을 축이셨다. 장손이 '허참' 하며 입가에 쓴웃음을 흘리더니 숙부님의 말에 토를 달았다.

"숙부님. 그거 빨갱이 폭동이 아니라 항쟁이우다. 민주화 항쟁. 저도 압니다. 특전사 군인들이 광주에 가서 시민군을 무참하게 학살 해십주. 그 죄책감에 광남이가 저렇게 된 거라 마씸."

난 그제야 남편이 베트남에 온 첫날밤 그렇게 몸서리치며 울었던 이유를 알았다.

"시대가 바뀌니 나 참. 너희들 하곤 얘기 못 하겠다."

숙부님이 벌떡 일어서서 귀가를 재촉하자 장손과의 설전이 끝났다. 난 밤새껏 제사의 뒤치다꺼리를 하면서 눈이 퉁퉁 붓는 줄도 모르고 울었다. 무자비한 동료 군인들이 죄 없는 시민들에게 자행했던 살상행위. 몽둥이로 두들겨 패고 총검으로 찌르고, 자신이 쏜 총탄에 피 흘리며 죽어가는 사람들을 보며 얼마나 괴로워했을까? 보잘것없는 생명이라도 죽일 수 있는 권리는 누구에게도 없는데 명령을 거부하지 못하고 총질을 해서 피어보지도 못한 숱한 청춘들의 목숨을 앗아간 죄악. 본성이 착한 남편은 그 지워지지 않는 악마의 문신 같은 악몽에서 헤어나지 못해 발버둥치는 환자라는 걸 그 밤에 알았다.

할머니가 말해 줬던 고향에서의 학살사건이 떠올랐다. 아버지는 중학교에 다닐 때 전쟁을 맞이했다. 아버지에게 한국은 원수의 나라다. 지금도 고향 반호아에는 한국군 증오비가 있다. 난 그 비에 적힌 '하늘에 가 닿을 죄악 만대를 기억하리라.'란 의미를 머리가 큰 후에야 알았다. 전쟁이 한창이던 어느 날 한국군이 동네 사람들을 전부 모이게 하더니 포탄이 떨어져 생긴 거대한 구덩이 속으로 들어가라고 했다. 극단적 상황을 예감하고 꾸물거리는 사람은 발길질과 개머리판으로 때려 포탄 구덩이로 몰아넣었다. 그리고는 둘러선 군인들이 구덩이를 향해 무차별 난사를 했다. 우리 동네 인근에서 베트콩이 출몰하여 한국군인 한 명이 죽은 일에 대한 보복이었다. 사백삼십 명이나 되는 어린아이와 늙은 사람들 속에 섞여 할아버지와 삼촌들이 전부 죽었다. 아버지는 구덩이 속에서 구사일생으로 살아났으나 왼쪽 다리를 잃었고 포화의 연기에 한쪽 눈이 멀었다. '아가야 이 말을 기억하거라. 적들이 우리를 포탄 구덩이에 몰아넣고 다 쏘아 죽였단다.' 어렸을 적 어머니가 들려주었던 자장가가 머릿속에서 맴돌았다.

내가 중학교에 다닐 때 젊은이들은 한국 가수들에 열광했다. 나도 또래 애들과 따이한을 동경하며 라디오를 통하여 한국어를 배웠다. 그때 평생을 아파하며 한숨으로 살아야 했던 아버지의 청춘 시절을 보상해 줄 순 없지만 난 유쾌한 복수를 계획했다. 가해자의 돈으로 아버지 시력을 회복시켜드리겠다는 생각이 풋풋한 가슴에서 자랐다. 잘 사는 나라 한국으로 시집간 동네 언니들의 소식이 들려올 때마다 내 가슴은 부풀어 갔다.

전화기의 전원을 켜니 수십 개의 부재중 이름이 떴다. 남편과 쯔엉과 지훈의 이름이 경쟁하듯 교대로 섞여 있었다. 보고 싶다는 지훈의 음성 메시지, 남편의 욕설과 협박의 메시지를 읽는데 쯔엉에게서 전화가 왔다.

"후안. 내가 얼마나 걱정했는지 알아? 어디야?"

"그건. 말할 수 없어요. 당분간 혼자 있고 싶어요."

"이번 참에 아주 마음 독하게 먹고 결심해. 요즘 그렇게 맞고 사는 사람이 어디 있어? 남편 알아보니 술만 먹으면 아주 개라던데?"

내가 붙들어주지 않으면 스스로 목숨을 버릴 것이라는 생각에 매를 참으며 정상으로 돌아오기를 기다렸다. 그러나 남편은 인간 말종에 이르는 폭력이란 병을 이겨낼 기미도 의지도 보이지 않았다. 난 한도 끝도 없이 인내심을 빨아들이는 늪 같은 그 집에서 이젠 탈출해야겠다고 마음먹지만 꿈을 포기해야 한다니 너무 억울했다. 지훈이도 눈에 밟혔다. 인간의 정이란 것이 참 무섭다는 걸 알았다.

"남편 환자 맞아요. 하지만 그분 덕에 한국에 왔어요. 내가 없으면 그 사람 오래 못 살아요."

"그럼 창창한 앞날 진흙탕 속에서 뒹굴 거야? 내가 도와줄게."

"쯔엉이 어떻게 도와준다는 거야?"

"나에게 다 수가 있어. 우리 얼굴 보며 얘기하자. 응 후안? 지금 학원으로 와."

남편의 광기를 불러온 원인 제공자를 만난다는 게 썩 마음이 내키지 않았으나 지푸라기라도 잡고 싶은 심정으로 학원으로 갔다.

"집을 구할 동안 여기서 살아."

그는 사무실 안쪽에 있는 방의 문을 열었다. 갇혀 있던 퀴퀴한 냄새가 몰려나왔고 불을 켜자 널부러진 잡동사니들이 모습을 드러냈다.

"전에 내가 살던 방이야. 저것들은 치워 줄게."

쯔엉은 한국 여자를 만나 시내 외곽에 집을 얻어 동거하다 헤어졌다. 그래서 은근히 내 이혼을 부추기고 있는 것을 난 안다. 방을 사용할 것인지 결정을 못 내리고 방문을 닫았다.

"수라는 게 뭔데?"

커피를 들고 온 쯔엉이 자리에 앉자마자 난 쏘아붙이듯이 말했다.

"후안. 그놈 죽여 줄까? 그놈 죽으면 재산의 반은 후안이 차지할 것 아냐? 아니면 아예 병신 아들까지 없애줄 수도 있어."

쯔엉의 말에 충격이 너무 커서 대꾸도 못하고 그를 멀뚱하게 쳐다만 봤다.

"왜 그래? 후안의 일이라면 내가 못 할 게 뭐 있어?"

"농담이라도 그런 말은 말아요. 우리 아버지도 서광남씨도 나도 다 폭력의 피해자 들이예요. 폭력은 인간을 짐승으로 만들어요. 당해 보지 않은 사람은 몰라요. 당하는 순간의 아픔은 상처가 아물면 사라지지만 찰거머리처럼 기억 속에 달라붙어 유령처럼 시시때때로 나타나 괴롭히는 그 고통을 쯔엉이 알아요?"

"그래서 평생 맞으면서 살겠다는 거야?"

난 남편에게 마지막 기회를 주기로 마음먹었다. 병원에 입원해서 치료를 받는다는 확실한 다짐을 받기 전에는 절대 돌아가지 않을 것이다.

"치료받도록 설득할 거예요."

"설득? 그게 가능하다고 생각해? 이 미련 곰탱아."

쯔엉은 빈정대며 웃었다. 그에게서 원초적인 야만의 냄새가 났다. 자리를 박차고 나가고 싶었지만 딱히 갈 곳이 없었다.

"그래서 다시 그 집으로 기어들어 갈 거야?"

"당분간 여기서 지낼게요. 남편과 타협할 때까지만."

좁고 누추한 방이지만 물건들을 정리하고 청소를 하고 나니 냉장고와 씽크대도 있어서 지낼 만했다.

낯선 곳에서의 밤은 악몽의 연속극이었다. 내가 만났던 추악한 장면들, 만나고 싶지 않은 사람들이 계속 등장하며 나를 괴롭혔다. 땀과 눈물로 끈적한 눈가를 비비고 눈을 뜨니 창밖은 환히 밝아 있었다. 남편이 양어장 관리를 위해 집을 비울 시간을 이용해 갈아입을 옷가지를 가지러 집으로 갔다.

나흘 만인데 조용하게 가라앉은 분위기가 왠지 낯설었다. 거실에는 내팽개쳐진 옷가지로 어지러웠는데 구석에 자리 잡은 행운목이 유난히 내 시선을 끌었다. 지난해 결혼기념일에 오일장에서 구해다 세워놓은 화분이다. 다가서서 보니 가지 사이에서 꽃대가 올라오고 있었다. 욕조의 바가지에 물을 떠서 화분에 물을 주고 난 후 두 손을 모으고 눈을 감았다. 마음 한쪽이 환하게 밝아왔다. 안방으로 가서 캐리어 가방을 꺼냈다. 옷장과 서랍을 열어 옷가지들을 대충 담고 지퍼를 닫는데 현관문에 달린 종이 울렸다. 가슴이 털컥 내려앉았다. 들켰구나. 텅텅거리며 날뛰는 심장 소리를 외면하며 온 촉각을 거실에 집중하는데 지훈의 목소리가 들렸다.

"엄마? 엄마 왔어?"

한숨을 쉬며 가슴을 쓸어내렸다. 캐리어를 들고 거실로 나가보니 태권도복을 입은 지훈이가 내 신발 옆에 자신의 운동화를 가지런히 놓고 있었다.

"도장 다녀왔니?"

"응. 헌데 엄마, 전화도 안 받고 어디 갔었어?"

지훈은 현관 마루에 올라서 우두커니 나를 바라보며 눈시울을 붉혔다. 나는 달려가 그를 안았다.

"미안해. 지훈아."

또래의 아이들은 대학에 들어가려고 공부에 한창인데 지훈이는 자기를 놀리는 놈들 가만 안 둔다고 태권도 도장엘 다녔다. 대학 입시를 위해 고생하지 않아도 됐으니 어쩌면 다행한 일이다. 갑자기 지훈이가 내 팔을 뿌리쳤다.

"엄마, 또 어디 가?"

캐리어 가방을 발견한 모양이었다.

"응. 엄마 며칠만 더. 학원에 숨어 있을게."

"엄마. 싫어. 나도 갈래."

"지훈아. 금방 돌아올 거야. 아빠가 엄마 안 때린다고 사과하면."

"아빠 나빠. 아빠 사과해야 해."

"그래. 착하다. 밥은 잘 먹는 거지?"

"엄마. 나 요리 잘해. 요리학원에서 배운 거 만들어서 아빠도 먹어."

개수대에 아무렇게나 쌓인 그릇을 보니 굶지는 않은 모양이었다.

그날 저녁 강의를 마치고 퇴근했던 쯔엉이 입주 파티를 하자며 피자와 음료수를 들고 왔다. 그의 입에선 술 냄새가 났으나 피자 냄새가 더 코를 자극했다. 불안이 허기를 부추겼다. 둥둥 떠다니는 구름 같은 신세가 서글퍼 꾸역꾸역 피자를 입에 집어넣고 씹는데 눈물이 다 나왔다. 게걸스럽게 먹는 모습이 안 되어 보였는지 쯔엉은 웃으면서 음료수를 따라주었다.

"체할라 천천히 먹어."

"쯔엉도 같이 좀 먹어요."

피자 조각을 내밀었으나 쯔엉은 웃기만 했다.

"됐어. 후안은 먹는 모습도 예쁘네. 그 늙다리랑 사는 게 참 안됐어."

"그런 소리 하면 나 여기서 나갈 거예요."

그러자 쯔엉의 얼굴에서 웃음기가 사라졌다.

"이런 말 하기 그런데. 며칠 전 우연히 베트남 고향 친구를 만났거든? 그런데 후안에 대한 놀라운 얘기를 들었어."

"무슨 소리예요?"

"꽁푸앙이라고 알지?"

나는 뜨끔해서 먹던 피자 조각을 내려놓았다. 꽁푸앙은 귀찮게 나를 따라다니던 동네 건달이었다. 입속의 음식물들을 급하게 목으로 넘기고 휴지로 입가를 훔쳤다.

"그는 스토커였어요."

"그 남자 친구를 어떻게 했지?"

그는 벌겋게 달아오른 얼굴로 나를 노려보며 비열하게 웃고 있었다. 어디선가 찢어지는 듯한 개의 비명이 들렸다.

"남자 친구 아니라니까요?"

꽁푸앙은 내가 다니던 옷 공장 사장의 아들이었다. 반반하게 생긴 여공들을 꾀어 정조를 유린하는 것을 낙으로 삼는 놈인데, 나를 타겟으로 주변을 어슬렁거리며 치근덕댔으나 난 눈길 한 번 주지 않았다. 그러던 어느 날 그는 똘마니를 시켜 야근을 마치고 퇴근하는 나를 마취시켜 납치했다. 몽롱한 정신으로 눈을 떠보니 호텔이었다. 나는 침대 위에 발가벗긴 채 누워 있었고 알몸인 그도 내 옆에 누워 있었다. 나는 벌떡 일어났다. 내 인격이 위계에 의해 침해받은 것에 분노가 치밀어 올랐다.

그가 감언이설로 꼬였으나 '난 똥개가 아니야, 내 인생은 내가 결정해'라고 소리쳤다. 내가 완강하게 거부하자 그는 경멸하듯이 웃으며 칼을 들이댔다. 칼날은 불빛에 부딪혀 번쩍이며 당장이라도 내 몸속을 파고들 기세였다. 살기 가득한 그의 얼굴은 개 피쟁이의 모습으로 변해 있었다. 정신은 명징했으나 몸은 벌벌 떨리고 오금이 저려 꼼짝 못 했다. 그는 나를 쓰러뜨리고 순결한 몸을 더러운 혀로 핥으며 내 몸 속으로 남근을 들이밀었다. 정조가 속절없이 무너진다는 생각에 눈물이 나왔다. 그는 아랑곳없이 몸을 움직이며 욕정을 배설하는 데 열중했다. 뜨거운 입김이 얼굴에 쏟아지는 걸 느끼는 순간 그의 혀가 내 입안으로 들어왔다. 난 이빨을 꽉 다물었다. 그가 비명을 질렀지만 난 놓지 않았다. 입안에 뜨뜻한 액체가 고이더니 목구멍으로 흘러들었다. 그제야 그는 핏물을 뚝뚝 떨어뜨리면서 떨어져 나갔다. 나를 지키기 위한 정당방위 행위였지만 법은 가진 자의 편이었다. 난 구속되어 판결이 나기까지 반 년을 심장을 옥죄어오는 눅진한 감방에서 살았다. 시련은 나를 단련시켰고 베트남을 떠나야 한다는 신념은 더 단단해졌다.

"그 사실을 남편도 알고 있나?"

"쯔엉. 난 무죄를 받았어. 왜 그런 소릴……."

프로판 가스 냄새 같은 역한 불쾌감을 느끼며 난 일어섰다. 머리가 빙빙 돌며 몸이 휘청거렸다. 쯔엉이 무슨 짓을 한 거지?

"난 다 이해해. 후안. 우리 도망 가자."

'내가 왜? 난 한국인이야. 그러니 제발 날 놓아 줘.' 말을 해야 하는데 소리가 나오 않았다. 그가 몸을 가누지 못하는 나를 껴안으며 입술을 덮어왔다. 벌려진 내 입술 사이로 그의 혀가 들어왔으나 입을 다물 힘마저도 없이 다리가 흐물거리며 무너져 내렸다.

"뭐 하는 짓이야?"

몽롱한 의식 속에서 남편의 목소리를 들었다. 엄마를 부르는 지훈의 소리도 들렸다. 쇠몽둥이에 머리를 맞고 단말마의 비명을 지르며 쓰러지는 개의 공포에 찬 눈망울이 다가오는 것을 바라보며 나는 까무룩 허물어졌다.

눈앞이 밝아지더니 중얼거리는 소리가 들렸다. 눈을 뜨

고 보니 병실이었다. 이모가 침상 옆에서 손에 묵주를 들고 기도문을 외다가 멈추었다.

"후안. 괜찮니?"

상체를 세우고 주변을 살피는데 곁에 있어야 할 지훈이가 보이지 않았다.

"예. 지훈이는요?"

이모는 크게 한숨을 내쉬더니 눈시울을 붉혔다.

"에고 설운 애기야. 난리도 난리도 세상에 이런 난리가 없다."

이모는 옷소매로 눈가를 닦고 나서 남편과 쯔엉이 죽었고 지훈은 살인죄로 경찰에 잡혀갔다고 했다. 난 가슴이 떨리고 울고 싶은데 눈물이 나오지 않았다.

"지훈이가 태권도라도 배웠기에 망정이지 하마터면 온 식구가 다 죽을 뻔했져."

이모가 가고 혼자 남게 되자 아랫배가 당기면서 욕지기가 올라왔다. 그날은 헛구역질 때문에 종일 화장실을 드나들었다. 이상하게 여긴 간호사가 나를 산부인과로 데려갔다. 임신이었다.

꿈꾸는 자에게 행운은 벼락처럼 떨어진다. 우리와 거래하던 식당 아저씨의 소개로 양식장을 팔아넘기고 시내에 장어 요리를 전문으로 하는 식당을 열었다. 그건 지훈이

몫이다. 식당 손님은 연일 북적였고 돈의 힘은 대단했다. 이젠 개의 비명 같은 환청도 사라졌고 나를 깔보는 사람도 없다. 아버지는 한국에 와서 수술을 받았는데 완전한 개안은 아니었으나 내 얼굴이 보이는 듯 감격의 눈물을 쏟아냈다. 어머니와 동생 가족까지 한국으로 초청하여 관광도 시켜 드렸다. 지훈이 오면 우린 베트남으로 가족 여행을 떠날 것이다. 고향에 들러 증오비 앞에 꽃다발도 바칠 생각이다. 나의 유쾌한 복수의 완성을 위하여.

"엄마, 뭐해? 준비 다 했어."

"응 알았어, 가자."

핸드백을 팔에 걸고 등신대 거울 앞에서 맵시를 확인하는데 거울 안에서 서광남 씨가 배시시 웃고 있다.

『한글문학』 23호(2022년 6월) 수록

이별은 웰메이드 영화처럼

1쇄 발행일 | 2023년 07월 18일

지은이 | 강준
펴낸이 | 윤영수
펴낸곳 | 문학나무
편집 기획 | 03085 서울 종로구 동숭4나길 28-1 예일하우스 301호
이메일 | mhnmoo@hanmail.net

출판등록 | 제312-2011-000064호 1991. 1. 5.
영업 마케팅부 | 전화 | 02-302-1250, 팩스 | 02-302-1251

값 15,000원

ISBN 979-11-5629-165-7 03810